集英社オレンジ文庫

# 終わらない男

## ～警視庁特殊能力係～

**愁堂れな**

JN054266

本書は書き下ろしです。

# 終わらない男

## 警視庁特殊能力係

OWARANAI OTOKO

Rena Shuhdoh

# 1

以前、いつか二人で沖縄を旅行しようと約束したことがある。勿論《もちろん》実現させるつもりではいたが、少なくともこういう形ではなかった。

飛行機が着陸態勢に入ったというアナウンスを聞きながら麻生瞬《あそうしゅん》は、隣に座る彼の上司、徳永潤一郎《とくながじゅんいちろう》を横目で見やった。

徳永は目を閉じているが、寝ている様子はない。今後のことを考えているのだろうとわかるだけに、邪魔をするわけにはいかないと、こっそり視線を前へと戻す。

瞬と徳永は、警視庁捜査一課の刑事である。しかし現在進行形の事件を追うのではなく、指名手配犯の顔を覚え込んで市井《しせい》で張り込み見つけ出すという、見当たり捜査に特化した係『特殊能力係』に所属していた。係長の徳永と部下の瞬、たった二人の係ではあるが、逮捕数が右肩上がりのこともあって、警視庁内でも今や注目を集めている。

注目が組織内に留まっていれば何の問題もなかったのだが、期せずして世間にも広く存在を知られることとなり、捜査に支障が出つつあった上に、週刊誌で徳永がほぼ彼と特定できる形で見当たり捜査官と暴露された。見当たり捜査官にとって、顔を知られることは致命傷となる。記事を書いたのは徳永に恨みを持つ若い女性のルポライター、小柳朋子《こやなぎともこ》で、徳永と瞬が急遽《きゆうきよ》沖縄に向かうことになったのは、何者かによって拉致《らち》されたと思われる彼女の行方《ゆくえ》を追ってのことだった。

沖縄にいる可能性が高いという情報の入手元が指名手配中の詐欺師《さぎし》である上、見当たり捜査を専門とする『特殊能力係』にとって、行方不明のルポライターを追う任務は担当外となる。それで徳永と瞬は、表向きは休暇ということにして、沖縄へと向かっているのだった。

ほぼ満席の機内の客の大半は、服装からバカンス目当てと思われた。そんな中、スーツ姿の二人は当然ながら浮いている。飛行機は無事に那覇《なは》空港に到着し、瞬らは到着ゲートへと向かったのだが、徳永は相変わらず無言のままで、彼が行方不明の朋子の身の安全を案じているからだとわかるだけに、瞬は話しかけるのを躊躇《ためら》っていた。

到着ロビーには、迎えがきてくれているはずだった。出てすぐのところには社名を書いた看板を持ったツアーガイドがひしめいている。

「徳永さん、瞬！」

と、その間から、懐かしい顔がひょこ、と現れ、徳永と瞬に向かい笑顔で手を振ってきた。

「大原《おおはら》さん！」

健康的に日焼けした小麦色の肌に白い歯がよく映えている。以前会ったときより逞《たくま》しくなったような、と思いつつ瞬もまた笑顔でかつての同僚、大原海《かい》へと駆け寄った。

「めんそーれ！　沖縄へ！　お疲れ様です」

大原は瞬と徳永、二人に向かい笑顔で両手を広げてみせたあと、すぐに少し残念そうな表情となった。

「遊びにきていただけたのならもっとよかったんですが。とにかく、俺にできることはなんでもやりますのでなんでも言ってください。勿論、できないことでもやりますよ」

「本当に助かるよ。忙しいところ申し訳ないな」

言葉どおり、心底申し訳なく思っているのが、徳永の口調と表情から伝わってくる。

「よろしくお願いします」

沖縄の地に大原がいてくれることがどれほど心強いか。その思いを伝えるべく、瞬もまた深く彼に頭を下げた。

「ちょうどさとうきびの収穫《しゅうかく》が終わったところなんで大丈夫です。電話でも言いましたが、ウチに泊まってもらってもいいですよ。部屋もたくさんありますしね。ホテルがよければ勿論、ホテルにお送りしますが」

同僚だったときにはいかにも『パリピ』といった様子だった。今、外見からはその印象はすっかり失せているが、人好きのするフレンドリーな口調は当時のままだと、瞬は明るく喋《しゃべ》り続ける大原を懐かしく眺めた。徳永もまた懐かしさを覚えているのか、先程まで彼を覆《おお》っていた張り詰めた緊張感が少し和《やわ》らいだ印象を受ける。

「ありがとう。だが今後迷惑がかかる可能性がゼロではないからな。ホテルに行くよ」

微笑《ほほえ》みそう頷《うなず》く徳永を前に、大原の表情が引き締まる。

「……遊びに来てくれたわけではないとわかっていたはずなのに、すみません」

「いや、親切にありがとう。まずは例の人物の地元での評判を知りたい。話を聞かせてもらえるか？」

謝罪を笑顔で退けられ、大原はすぐ顔を上げると、「こっちです」と先に立って歩き始めた。

「蒸し暑いでしょう？　よかったら俺の服をお貸ししますよ。場所によってはスーツは目立つので。瞬にも貸すから」

「ありがとうございます」

気遣いをみせる大原に瞬は徳永と共に礼を言い、彼に続いて空港の駐車場を目指した。

大原の車は古びたバンだった。後ろのシートは畳《たた》んであり、収穫したサトウキビを入れると思《おぼ》しき大きなかごがいくつか積んである。

「狭くてすみません」

二列目のシートに座るようにとのことだったが、大原を運転手扱いはできないと、瞬は助手席に乗り込んだ。

「沖縄の聖人について、ですよね。俺はあまり詳しくないので、竜《りゅう》さん……新垣《あらがき》さんに頼みました。家で二人が来るのを待ってます」

「申し訳ないな、それは」

恐縮する徳永をちらとバックミラー越しに見やり、大原が「大丈夫ですよ」と笑顔になる。

「収穫も一段落ついたって言いましたよね。竜さん、孫娘のりかちゃんもまた東京に戻ってしまい、寂しがっているところだったので、話し相手は大歓迎なんですよ。しかも」

と、ここで言葉を切った大原の表情が少し曇る。

「沖縄の聖人、仲村聖《なかむらせい》の名前を出したら、それはもう喜んでいたんですよね。郷土の誇りだと胸を張ってました。それだけに心配なんです。その人が悪事にかかわっていたらと思うと……」

「…………」

徳永が息を呑《の》む音が聞こえ、瞬は思わず彼を振り返った。

「やっぱり、被害者側じゃなくて加害者側なんですね、仲村聖は」

大原が呟《つぶや》くようにそう言い、溜め息を漏《も》らす。

「仲村聖が善人なのか悪人なのか、事実がはっきりするまでは、新垣さんには何を言うつもりもないから安心してほしい」

徳永が抑えた声音《こわね》でそう言い、運転席のシートを摑《つか》む。

「ご配慮《はいりょ》ありがとうございます。何かの間違いであってほしいですよ……」

大原が無理矢理のように笑い、そう告げたのを聞き、徳永が「そうだな」と頷いたあと、車内に沈黙が訪れた。しかしそれも短い間で、大原はすぐに気を取り直したらしく、話題を振る。

「新垣さんの家まではかなり時間がかかります。一体何があったのか、どうして沖縄に来ることになったのか、今話してもらえませんか？　最早《もはや》警察官でもない一般人なので、問題のない範囲で結構ですから」

「勿論すべて話す。長い話になるが、聞いてくれるか？」

そう言い、徳永は、今まであった出来事を順を追って大原に説明し始めた。

『特殊能力係』がマスコミに取り上げられ、かなり話題になったあとに、週刊誌に俺が見当たり捜査官であることがリークされた。一応イニシャルではあったが、ほぼ特定されるような内容だった」

「読みました。驚きましたよ。確かに徳永さんだとわかるように書いてましたね。写真も一応目は隠してありましたが、徳永さんを知っている人なら誰でも気づく感じでしたし」

心配してたんです、と、大原が告げるのに徳永は頷き、再び口を開いた。

「その記事を書いたのが、俺が新人の頃に捜査に携《たずさ》わった事件の被害者の家族で、今はフリーのルポライターをしている小柳朋子という若い女性だ。行方《ゆくえ》不明になっているのは彼女なんだが、原因はその記事に関することじゃない。彼女はそれとは別に四十年前の殺人事件を調べていた。未解決のまま時効を迎えた事件だが、その犯人が仲村聖ではないかと、それを調べていたと思われる」

「えっ！　仲村聖が殺人犯!?」

大原がぎょっとした声を上げ、後ろを振り返りかけた。が、すぐ、運転中であることを思い出したようで、前方を見据えつつ、信じがたいというように首を横に振る。

「いやあ、汚職とか、そうした話かと思ってました。まさか殺人犯とは……」

溜め息交じりにそう告げたあと、大原は、なぜそうも驚いているのか、理由を話し出した。

「仲村聖のこと、よく知らないと言いましたが、どれだけ善行を施《ほどこ》しているかとか、沖縄をよくするための活動をしているかとか、そういう話はしょっちゅう聞くんです。それこそ沖縄で彼の名前を知らない人はいないんじゃないかと思いますよ。そんな人が四十年前とはいえ殺人を犯したとは……」

「実際のところはわからない。ただ、小柳さんが行方不明になっているのは事実だ。彼女は暴力団鹿沼組《かぬまぐみ》の若頭《わかがしら》の愛人だったんだが、鹿沼組の組事務所が爆破され、若頭をはじめ幹部は全員死んだそうだ。それが彼女の失踪《しっそう》にかかわっているかどうかもまだ、わかっていないが」

「……それにも仲村聖が絡んでいるかもしれないと……いやあ……」

ますます信じられないというように首を横に振ったあと、大原が問いを発する。

「四十年前の殺人事件はどういったものだったんですか?」

「強盗殺人だ。殺害されたのは下町の工場の経営者で、仲村聖も四十年前に本土で町工場に勤めていたことを小柳さんは突き止めていた」

「……それだけで、疑われてるんですか?」

大原が拍子抜けといった顔になる。気持ちはわかる、というように徳永は頷くと、

「彼女がなぜ四十年前の事件に興味を持ったのか、なぜその犯人を仲村聖だと見込んだのか、そこはまだわかっていない」

と言葉を結んだ。

「徳永さんも、仲村聖が過去、殺人を犯したと思っているんですか？」

大原が眉間《みけん》に縦皺《たてじわ》を刻みつつ問い掛けたのに、徳永が「いや」と首を横に振る。

「わからない。彼が殺人犯かどうかも、そして本当に小柳さんが彼のもとにいるのかも」

「確かめるために来たんですもんね……」

大原は未だ、納得しきれていないようだったが、それ以上の追及をするつもりはないらしく話題を変えた。

「そうだ、竜さんや奥さんには、昔世話になった勤め先の先輩後輩が、出張で沖縄に来ると伝えています。俺の前職が刑事であることは明かしていませんが、この機会にそれが知れてしまっても特にかまいません」

「刑事であることは伏せておこう。警察が仲村聖のことを調べていると思われるのは、今までの話を聞くとあまり得策ではなさそうだし」

「あ、そうですね。勤め先についても打ち合わせておきませんか？　何がいいですかね。

メーカー、銀行……商社とか？」

「沖縄に出張で来たことになっているのなら、そうだな……商社にするか。開発事業の現地調査に来たということで」

大原と徳永、二人の間で、トントン拍子に話が進んでいく。ツーカーの仲といおうか、さすがだなと、その様子をずっと聞いていた瞬に、不意に大原が話を振ってきた。

「わかりました。そうした話題になったら話を合わせます。な、瞬」

「あ、はい！　了解です！」

感心している場合ではなかった。焦って返事をし、商社勤務、と口の中で唱える。

「今まで、もとの勤め先の話題になったことはないのか？」

徳永が心配したように問い掛けたのに、大原は「それがないんですよ」と明るく笑った。

「刑事だったとはちょっと言いづらいと、最初躊躇《ためら》ってしまったんですが、それ以降一回も話題に上らなくて。多分、気遣ってくれたんじゃないかと思います」

「そうか……」

徳永は少し考える素振りをしたあと、ぽつ、と言葉を漏らした。

「嘘をつかせるのは申し訳ないな」

「いや、仕方ないです、今回は。仲村聖のことを聞くんですから。相手が刑事とわかったら、やはり身構えると思いますし」

大原の返しに、徳永は何かを言いかけたが、それがより気を遣わせることに繋《つな》がると思ったらしく、「そうか」という相槌《あいづち》に留めていた。

「お年寄りによっては、言ってることが半分くらいしかわからない人もいるんですけど、竜さんはほぼ、わかります。一見頑固そうに見えますがすぐ打ち解けますよ。奥さん、エリさんっていうんですが、とても可愛《かわい》いおばあちゃんで。それに料理も美味《うま》いんです。いつもニコニコしてるのに、時々すごい毒を吐くのが面白いんですよ」

「送ってくれた写真では、毒を吐きそうには見えなかったですよ」

よく日に焼けた老夫婦と一緒に写る写真を、折に触れ大原は瞬に送ってきた。大原の辞め方も辞め方だったし、その後、彼が事件に巻き込まれたこともあって、瞬はそうした大原の、元気にしているという近況報告には毎度安堵《あんど》し、当然徳永とも共有していた。

「初対面の気がしないな」

徳永の顔に笑顔が戻る。

「俺もです。気易く『竜さん』とか呼んでしまいそうです」

「呼ぶといいよ。瞬のこともきっと会った瞬間から『瞬』と呼んでくれると思うよ」

「大原さんもそうでした?」

「ああ。下手《へた》したら名字を知られてないかも」

「マジですか」

「マジマジ。ほんまやから」

「懐かしいです。その嘘くさい関西弁」

「せやろ？　最近は滅多《めった》に出ぇへんけどな」

今のはわざとや、と屈託なく笑う大原の口元から白い歯が零《こぼ》れる。充実した毎日を送っていることがその笑顔からもわかる、と、瞬もつられて笑ってから、このところの自分と徳永は、こうした充実感から遠ざかっていたなと振り返っていた。

週刊誌の記事のおかげで、徳永は暫《しばら》く内勤となった。その前も、見当たり捜査の真似事《まねごと》をする人たちが増え、いつものように活動ができなかったり、指名手配犯の情報が多く集まったことから、捜査一課の手伝いをすることになったりと、本来の『特殊能力係』の任務である見当たり捜査にあたれていなかった。

また以前のように徳永と二人の業務に戻りたい。切実な願望が込み上げてきたが、すぐに瞬は、今、集中すべきは他にあると気持ちを切り換えた。

行方《ゆくえ》不明の小柳朋子の捜索。彼女を連れ去ったのが沖縄の聖人であるという情報の信《しん》憑性《ぴょうせい》についてては甚《はなは》だ疑問ではあるものの、徳永は沖縄行きを即座に決めた。徳永の刑事の勘もまた、沖縄を指していたのだろう。

無事でいてほしい。本当に連れ去ったのが『聖人』であるのなら、若い女性の身の安全は心がけてくれるのではないか、と願う一方で、ヤクザの幹部皆殺しという所業をなんの躊躇《ため》いもなくやってみせたのもその『聖人』かもしれないという考えにとらわれる。

ともかく、まずは『聖人』仲村聖の情報を集める。そして彼にコンタクトをとる手段を考える。一刻も早く。

焦燥《しょうそう》感にかられているのは瞬だけではなく、いつしか無言になっていた徳永の表情にも焦りが感じられた。頼むから無事でいてほしい。瞬の、そして恐らく徳永の祈りと願いを乗せ、大原の運転する車は広い道路を疾走していった。


大原が世話になっている新垣竜の家は、彼の持つサトウキビ農園の近く、沖縄南部にあった。

「ただいま。竜さん、連れてきたよ」

間口の広い赤瓦《あかがわら》の屋根の平屋には玄関がなく、縁側から上がるようになっている。新垣竜は笑顔で徳永と瞬を迎えてくれた。

「やあ、いらっしゃい。遠いところ、よくきてくださった。そんな服じゃ暑いでしょう。海、お前の服を貸してやったらどうだ？」

写真で見るより竜は長身でガタイがよく見えた。横に大原がいたから小さく見えたのかもと納得しつつ瞬は、徳永が、

「どうぞおかまいなく」

と笑顔で竜に話し掛けている横で控えていた。

「初めまして。徳永です。こちらは麻生。急にお邪魔することになり申し訳ありません」

「いやいや。海の友達ならいつでも大歓迎ですわ」

竜は上機嫌に見えた。と、奥から小柄の女性が盆に麦茶を載せて現れ、やはり笑顔で声をかけてくる。

「いらっしゃいませ。暑いでしょう。どうぞどうぞ、お座りください」

「麦茶か。ビールのほうがよくないか？　ねえ、徳永さん」

「いや、まだ仕事がありますので」

まだ日が高いのにビールとは。驚く瞬の前では徳永が慌てて断っている。

「そうなんだよ、竜さん。二人は結構忙しくてさ。で、昨日お願いしたとおり、仲村聖さ

んについて教えてあげてほしいんだ。沖縄でのビジネスには、仲村さんの影響力は無視できないから、知識として入れておきたいって。そうですよね、徳永さん」

立て板に水のごとく、大原が説明をする。車中、どうやって話題を振るか、皆で頭を絞《しぼ》ったとおりに話す大原を徳永が受け継ぐ。

「仲村さんが私財をなげうって沖縄のために尽くしていらっしゃるということは勿論《もちろん》存じています。が、もう少し詳しく知りたいんです。ご本人と会えたときに話題も膨《ふく》らむでしょうし、それに色々と事前に情報を集めておけば、気づかないうちに不愉快な発言をしてしまうといったミスを犯さずにすみます。それに正直、非常に興味があるんです。偉人といわれる人の生い立ちや成功談を聞くのが好きでして」

「あ、俺も好き。伝記とか、あと『私の履歴書《りれきしょ》』も好きだ。面白いよな？　瞬」

すかさずフォローに入る大原の姿を前に瞬は、本来ならこの役割は自分が担うべきものだよなと反省しつつ、

「はい。あの、俺も好きです」

と返事をし、ほぼ役に立っていないなと落ち込んだ。

「ワシも直接会ったことはないから、誰でも知ってるようなことしか言えんけど、まあ、商売の役に立つのなら、協力させてもらおうかね」

ニコニコ笑いながら竜がそう言い、皆に麦茶を飲むよう勧めてから、自身もまた喉《のど》を潤したあとに口を開く。

「本土では知らんけど、この沖縄で『沖縄の聖人』を知らない人はまずおらんよ。子供たちに『尊敬する人』を聞くと二人に一人は仲村聖と答えるんじゃないか？　りかもそう答えとったしな」

「もともとはさとうきび農園で働いていらしたんですよね」

一使用人が農園主に気に入られ、跡取りとなったのも、まさにいかにも世間が好む『ドリーム』だが、その後手広く事業を興《おこ》し、沖縄一有名な事業家となったのもまた『ドリーム』だ。そうして得た富と増やした資産を貧しい人に還元し、人々がよりよい生活を送ることができるよう、公共事業に寄附をする。まさに『聖人』としか思えない行動をとり、沖縄全土にその名を轟《とどろ》かせることとなった、ということは事前に瞬も調べて知っていた。

「ああ。行き倒れ寸前だった仲村さんを農園主が助けてやり、行く場所がないのならと、住居と仕事を世話してやった。深く感謝をした仲村さんは身を粉《こ》にして働き、身寄りのなかった農園主はそんな彼を後継者に決めた。もともとは小さな農園だったんだが、出荷前に加工するというアイデアがまず当たり、周囲の農場を巻き込んでの流通網《りゅうつうもう》の整備で更に利益を得た。貧しい青年が小さな農園を大会社にした。その才覚も素晴らしいが、仲村さんはそれ以上に人柄が素晴らしかった」

竜が仲村を語る姿は実に生き生きとしている。仲村はまさに沖縄県民の誇りなのだろうと、改めてそのことを瞬は思い知り、なんともいえない気持ちとなった。

「一代で財を成した仲村さんは、手にした富を独り占め《ひとじめ》することなく、貧しい人の救済に使った。働く場のない人に仕事を与えたり、誰でも医者にかかれるよう、金がなくても治療してもらえる病院を建てたり……そうした事業が次々と成功し、やがて沖縄を代表する実業家になった。富が増えれば増えた分だけ、人のためになることに金をかける。神様というのはいるもので、それがすべて事業として成功し、ますます富も名声も得ることになった。まさに伝説の人なんですよ。わしなんざ同年代ってだけで、勝手に仲間意識を持ってます。誇らしいですわ、本当に」

「なるほど。まさに郷土の誇りですね」

徳永が感心してみせると、竜はますます笑顔になった。

「そのとおり。沖縄の海をもとに戻そうといった環境問題にも積極的にかかわるようになってからは、是非《ぜひ》、政界にという声も上がったんだが、本人が年齢も年齢だからと固辞してね。八十過ぎても現役《げんえき》の代議士はいるんだから、かまわないと思うんだが、奥ゆかしいというかなんというか、人前に立つことを避ける傾向があるようだ。若い頃からそうだったから、性分なんだろうな」

「だからなんですかね。インターネットで検索したんですが、仲村さんの写真が出てこないんです。有名人だから当然、公《おおやけ》の場に多く出ていると思ったんですが……」

　徳永が不思議そうに問い掛ける。なんでもできる彼は演技力もあるのだなと改めて感心していた瞬は、自分はなんの役にも立っていないということもまた、改めて自覚していた。

「写真嫌いという話だよ。ここ十年ばかり、公の場にも出ていない。今年七十八だったか……見た目はもっと若いし、足腰も頭もしっかりしているそうなんだが、本人、後継者を選んですぐにすべてを譲《ゆず》りたいと、そう考えているという噂《うわさ》だ」

「後継者候補はいるんですか？」

　興味津々《しんしん》とばかりに徳永が問い掛けているが、純粋な好奇心に見えるのもまた凄《すご》い。ますます感心する瞬の前では竜が、

「それがなかなか」

　と苦笑していた。

「よくも悪くもワンマンというか、自分でなんでもできてしまう人なので下が育ってないそうだ。結婚もしていないので子供もいないし、養子をとるのではと言われているが、まだ決まったとは聞いていないな」

「家族がいないとは驚きです。本土にきょうだいや親戚《しんせき》もいないんでしょうかね？」

「天涯孤独だと本人は言っているそうだよ」

徳永の問いに答えたあと、竜は感慨《かんがい》深い表情となり、ぽつりとこう呟《つぶや》いた。

「思えば寂しいことだな。大勢の人に囲まれてはいるが、一人として血の繋《つな》がりのある人間がいないのは」

「今まで救ってきた人たちのことを、子供のように思っているのかもしれませんね」

「ああ、そうかもしれない。本当に情に厚いお人でなあ。誰に対しても親身になってくださる。神様みたいな人だと皆、口を揃えて言っているよ」

「なかなかできることじゃないですよね。困っている人に手を差し伸べるのは。神様と思われるのもわかるような気がします」

綺麗《きれい》にまとめた徳永の発言を受け、竜が「本当に」と笑顔のまま頷《うなず》く。

「ありがとうございます。とても参考になりました」

「いやあ、誰でも知ってることを話しただけだよ。役に立ったのなら嬉しいが」

嬉しそうに笑う竜を前に、彼を騙《だま》していることに対する罪悪感が瞬の胸に沸き起こる。すべてが終わったら正直に身分を明かそう。きっと竜も許してくれるに違いない。そんなことを考えていた瞬は、徳永が大原に告げた言葉を聞き我に返った。

「悪い、支社に顔を出すよう言われていたのを忘れていた。送ってもらえるか？」

「勿論。夕飯までには戻れますかね？　エリさんが張り切って料理を作ってくれてるんで」

「それは申し訳ないな。お気遣いいただいてしまってすみません」

徳永が恐縮するのに、エリが「いえいえ」と笑って首を横に振る。

「たいしたことしてませんから。本土の人のお口に合うかもわからんし」

「エリさんの料理は絶品ですよ。ここにお世話になってから、体重が五キロも増えたくらいなんですから。早いとこ、用事すませて戻ってきてくださいよ」

大原が笑顔で告げるのに、徳永が「すぐにすませるよ」と笑って答える。この瞬間もごく自然な振る舞いに見えることに、瞬は心の底から感心していた。

大原の車に乗り込むと徳永の顔から笑みがすぐさま消え、眉間《みけん》に縦皺《たてじわ》を刻んだ状態で行き先の指示を出した。

「仲村聖の家を教えてもらえるか？」

「これから向かいますね。調べたんですが、仲村は今、一日のほとんどの時間を自宅で過ごしているそうです」

「家族はいないということだったな。一人で暮らしているのか？」

「いえ、大豪邸で、彼を慕《した》って集まった若者数名が同居していると聞いたことがあります。彼らは家のボディガードも兼ねているとか」

「ボディガードとは穏やかじゃないな」

徳永の表情に緊張が走る。それを見た瞬もまた緊張し息を詰めたのだが、大原の返しを聞き、はあ、と溜め息としてその息を吐き出した。

「どちらかというとメシを食わせてやってるって感じですかね。沖縄の聖人に危害を加えようとする人間はここにはまずいませんから」

「なるほど。ボランティアのようなものか」

納得した徳永に大原が頷いてみせる。

「ええ……ただ、家のセキュリティは半端ないみたいです。憧れている人が多いので、あわよくばお会いしたい、ということで忍び込む輩《やから》が結構いるようで」

「なるほど。しかしフェイクかもな」

「フェイク？」

徳永の言葉の意味がわからず、瞬はつい、問いかけてしまった。

「家には誰も近寄らせないというフェイクではないかと。つまり……」

説明してくれようとしたが、もしや、と瞬は己の考えが正しいかを確かめるべく、ここで口を開いた。

「小柳朋子さんが拉致《らち》されているかもしれないと、そういうことですね？」

「ああ。もしも彼女を連れ去ったのが仲村なら、自宅が一番安全だろうからな」

「しかし、訪ねるきっかけがないですね……」

大原が溜め息を漏《も》らすのに、徳永もまた難しい顔になる。

「きっかけか……身分を偽るのもリスクが高いし、とはいえ警察官としてはそれこそ行く理由がないな」

「ですよね……」

大原は考え込みかけたが、すぐに我に返った様子となると、

「とにかく、家の前まで行ってみますか」

と気持ちを切り換えたのかそう言い、エンジンをかけた。

「しかし、竜さんの様子からも実感したが、仲村聖の沖縄での人気は本物だな」

溜め息交じりの口調で徳永が言うのに、大原が「そうですねえ」と同意する。

「本当に彼が殺人犯だとしたら、凄い騒ぎになるでしょうねえ……」

「確かにな」

徳永の表情も、そして大原の表情も複雑なものとなっている。自分もまた同じような顔

になっているのだろうと思いながらも瞬は、その沖縄の聖人に対し、どういうアプローチを取ればいいのかと考え、一つの良策も浮かばないことに頭を抱えたい気持ちになっていた。

# 2

沖縄中部にあるという仲村の自宅までは、移動にかなりの時間がかかった。

「沖縄、広いですね」

思ったままを告げてしまった助手席の瞬に、大原が笑顔で返してくれる。

「沖縄は鉄道がないから、遠く感じるのかもしれないね」

慣れるとどうということのない距離だよ、と大原は笑っていたが、そもそも鉄道がないとは知らなかった、と瞬は驚いた。が、今はそれどころではない、と話題を戻す。

「まずは農園近くでの聞き込みですよね。彼女の姿を見かけなかったかといった……ただ、警察と名乗らないでどうやって聞けばいいかと……」

「世間話の体《てい》で、かな。しかしそれができるのは俺ですね。東京から来たスーツの二人は身構えられるだろうから」

「または刑事と名乗るかだな」

徳永がぼそりと口を挟んでくる。

「すぐに県警に連絡がいくだろうから、時間勝負となるだろうが」

「警察が探っていることをアピールすれば、そのルポライターには危害を加えることがないだろうと、そういうことですね？」

大原が確認を取ったのと、瞬もまったく同じことを考えていた。

「ああ。だが派手に動けば救出のチャンスを完全に失いかねない。やはりここは慎重にいくべきだろうな」

徳永がそう結論を下したため、仲村邸の外観をチェックしたあとには徳永と瞬は一旦予約していたホテルに向かい、大原が近隣で聞き込みをするという方向で話は決まった。

「ここが仲村邸です。一周しましょうか」

どこまでも外塀《そとべい》が続くそのまわりの道路を、比較的ゆっくりしたスピードで大原は車を走らせてくれた。

「広いですね」

「ああ。セキュリティも堅固だ」

後部シートから徳永が指摘する。

「塀の高さもあるし、監視カメラの数も多い。沖縄の開放的な住宅とは一線を画しているな」

「確かに。竜さんの家なんて、誰でもすいすい中まで入れますからね。ここはそうはいかないだろうな……」

閉ざされた門を少し過ぎてから車を停め、徳永と瞬は家の前まで行ってみることにした。

「何か用を作らないとな」

中の様子を探ることもできない、と徳永が溜め息をついたとき、門が開き、若い男が一人出てきた。

「この家に何か用事でも？」

シーサー柄《がら》のかりゆしウエアを着た若い男の態度は慇懃《いんぎん》だったが、目つきは鋭かった。

「すみません、沖縄の聖人のお宅ということだったので、つい、車を降りてしまいました」

徳永が笑顔でそう言い、頭を下げる。

「仲村さんにお会いになりたいわけではないんですね？　もしそうなら、事前に連絡をしてもらえますか」

若者の物腰も口調も相変わらず柔らかかったが、鋭い視線はそのままだった。

「失礼しました。すぐ立ち去ります」

徳永は丁寧《ていねい》に頭を下げると、瞬を伴《ともな》い大原の待つ車へと戻るべく歩き始めた。気になった瞬がチラと振り返ったとき、男はまだその場に立って二人へと視線を向けていた。

「いつもああなのか、それとも今が特別なのか、どうなんだろうな」

徳永が独《ひと》り言《ごと》のような感じでポツリと呟《つぶや》く。もし来訪者に対して必要以上に過敏になっているのだとすると、この家に朋子が囚われている可能性は高そうだが、と、瞬はその思いを新たにした。

大原は二人をホテルまで送ってくれた。

「これからどうします？　とりあえず俺は引き返して聞き込みを行います。二人は服を買ったほうがいいかも？」

「そうだな……」

徳永は頷《うなず》き、少し考える素振りをしたが、すぐ、大原に視線を向けると口を開いた。

「あの家に入るのに、ああも警備が厳重だと刑事を名乗るしかなさそうだが、それには事前に警視庁に話を通しておく必要がある。課長をいかに説得するか作戦を練《ね》ることにするよ」

「わかりました。何か情報を得られたらすぐお知らせしますんで」

それじゃあ、と車を発進させた大原を見送ったあと、瞬と徳永はチェックインのためホテルのフロントへと向かったのだが、ロビーを突っ切ろうとしたとき、思わぬ出会いを果たすこととなった。

「やあ、徳永さん」

不意に背後から声をかけられ、その聞き覚えのある声音《こわね》に瞬はぎょっとし、勢いよく振り返ってしまった。

「麻生君もお疲れ」

瞬と視線をしっかり合わせ、笑顔で声をかけてきたのはなんと、徳永と瞬を沖縄の地へと向かわせることになった情報源である『捕まらない男』、指名手配中の詐欺師《さぎし》、藤岡大也《ふじおかだいや》だった。どうして彼が、と唖然《あぜん》とするあまり声を失っていた瞬の横から、徳永が厳しい声を出す。

「どうしてここに？」

「それはもう、蛇《じゃ》の道はヘビ。お二人とも宿泊予約を本名で入れてくださってて助かりました。それで待ち伏せていたんです」

にこにこと笑いながら答えを口にする藤岡の態度はどこまでもフレンドリーではあるが、相手は犯罪者、こちらは刑事、馴《な》れ合《あ》うわけにはいかない、と瞬は彼を睨《にら》みつけた。

「怖い顔しないでくれよ、麻生君。恩着せがましいことは言いたくないけど、君たち二人のために来たんだぜ。アフターケアをしてあげようと思ってね」

「アフターケア?」

意味がわからないことを言われ、つい瞬は問い返してしまったが、徳永に睨まれ、しまった、と口を閉ざした。

「ああ。仲村聖が怪しいと教えはしたが、彼にいかにしてコンタクトを取るか、困ってるんじゃないかと心配になってさ。それでお節介《せっかい》と思いつつ手を貸しに来たんだ」

「……目的はなんだ?」

徳永が抑えた声音で問い掛ける。

「目的なんてないよ。いわばボランティアさ」

「信用できないな」

徳永が厳しい目で藤岡を睨む。

「気持ちはわかる。でもとにかく、場所を変えないか? ここは目立ちすぎる」

藤岡が肩を竦《すく》めてみせる。長身の美丈夫《びじょうふ》である彼はそんな姿もいちいち様になる。それだけに『演技』のような印象を受けるのだ、と瞬は彼の様子を見守っていた。

「チェックイン、してくるといいよ。部屋で話そう。俺の案を採用するかどうかは、聞いてから決めるのでいいから」

絶対的な自信を感じさせるあまりに堂々とした藤岡の態度に、瞬は戸惑わずにはいられなかった。

「麻生、チェックインを」

徳永の眉間《みけん》には今も縦皺《たてじわ》が深く刻まれていた。押し殺した声音で命じられ、瞬はわかりましたと返事をし、フロントへと向かったのだが、徳永が藤岡の指示どおりに動くことに、違和感を覚えていた。

徳永と瞬、二人分チェックインをしてキーをもらい、二人のもとに戻る。

「なんだ、二部屋とったんだ。どちらの部屋にする？　麻生君かな？」

徳永の表情は硬かったが、藤岡は実にリラックスしていた。笑顔でそう告げたかと思うと、

「行こう」

とエレベーターへと向かっていく。

「何階？」

すぐに扉が開き、中に乗り込むと藤岡は瞬に階数を聞いてきた。

「あ……五階です」

答えていいものか。瞬は迷って徳永を見やったが、忌々《いまいま》しそうな表情ではありながらも

彼が頷いたので、ボタンを押そうとしている藤岡に部屋の階を教えた。

三人しか乗っていないエレベーターはすぐ五階に到着した。瞬と徳永の部屋は並んでいたが、手前のほうの部屋のドアを鍵《かぎ》で開くと、まずは藤岡が、次に徳永が続いてその部屋に入っていった。ドアを押さえていた瞬もまた部屋に入り、ベッドに座る藤岡とその前に立つ徳永をかわるがわるに見やった。

「喉《のど》、渇《かわ》かない？　冷蔵庫に何かあるかな。それとも外の自販機で買わないと駄目かな」

「場所は提供した。話をしてもらおうか」

徳永は相変わらず立ったまま、藤岡を厳しい目で見下ろしている。

「まずは座ってくれ。麻生君、水、貰《もら》える？」

「……あの……」

どうしたらいいのか。またも瞬は徳永を見やり、彼が不承不承《ふしょうぶしょう》といった様子で頷いたのを見て、冷蔵庫へと向かった。

中にはミネラルウォーターのペットボトルのほか、コーラやジュース、それにアルコールが揃っていた。水ということだったので、と、瞬はミネラルウォーターのペットボトルを二本と、自分用にはコーラを取り出し、二人にペットボトルを渡した。

「ありがとう。さて、それじゃ、作戦を説明するよ」

「話を聞くとは言ったが、話に乗ると言ったつもりはない」

徳永がむすっとした表情でそう言い捨てるのを、

「乗りたくなること間違いなしだよ」

と藤岡は軽くいなすと、ますます眉間に縦皺を刻んだ徳永にウインクをし、話を始めた。

「俺を逮捕したことにして、自白の裏付けを取っているというのはどう？　以前、仲村聖に詐欺をしかけたのは事実だし、心当たりがないと断られたとしても、話だけは聞きたいと粘れるんじゃない？」

「……！　確かに……！」

藤岡の言うとおり、仲村を訪ねるのにはいい手だと感心したせいで、瞬は思わずそれを口に出してしまった。が、すぐに、徳永に睨まれ、我に返った。

「す、すみません」

「ほら、麻生君の賛同も得られたし、その手でいこうよ」

しかし藤岡にはしっかり拾われ、笑顔で徳永の説得にかかられてしまった。徳永が無言で考え込むのを、瞬ははらはらしながら見つめていた。

徳永もまた、良策だと思っているに違いない。ただ犯罪者である藤岡の手を借りることを躊躇《ちゅうちょ》しているのだろう。

「……理由を教えてくれ」

暫《しばら》くした後、徳永が藤岡を真っ直ぐに見据え、問い掛けた。

「理由？　ああ、俺が協力する理由かな？　何か見返りを要求するのではないかと、それを案じているのなら、心配しなくていい。乗りかかった船だからというのと、あとはまあ、二人に対する恩返しだよ。殺人犯にされなくてすんだのは特能《とくのう》の二人のおかげだしね」

問われることを予想していたのか、藤岡はすらすらと答えたのだが、用意周到すぎて疑わしく感じる。徳永も同じように感じたのか、暫くの間藤岡をじっと見つめていたが、藤岡が真っ直ぐに見返すと、やがて抑えた溜め息を漏《も》らし、目を伏せた。

「わかった。協力をありがたく受け入れる。しかし馴《な》れ合《あ》うのは今回限りということにさせてほしい」

「はは、徳永さんが下手《したて》に出るとか、珍しすぎていい気になってしまいそうだ」

藤岡は楽しげな笑い声を上げたが、すぐに、

「冗談だから」

と両手を広げてみせたあと、右手をすっと徳永へと差し出した。

「馴れ合うのは今回限り、勿論《もちろん》だ。この先、見当たり捜査で俺を見かけたら、遠慮《えんりょ》なく手《て》錠《じょう》をかけてくれていい。見つけたら、だけどね」

「今後も詐欺は働き続けるつもりだという宣言なら、聞かなかったことにする」

言いながら徳永が手を伸ばし、藤岡の右手を握る。二人の握手は一瞬で、すぐさま双方手を下ろすと、何事もなかったかのように会話が再開され、瞬はそんな二人を呆然《ぼうぜん》と見守ることしかできずにいた。

「逮捕された場所は東京、二人は俺を連れて沖縄入りした、というのでいこう」

「先程、仲村邸の前でボディガードらしい若い男と顔を合わせた。そのとき観光客を装《よそお》っているから、それは不自然になる」

徳永が悔《く》いている顔で告げたあと、再び口を開く。

「休暇で訪れた沖縄で偶然見つけて逮捕した、お前は沖縄で再び仲村聖に詐欺をしかけるつもりだった、というのではどうだ？」

「うん、それでいこう。以前のリベンジを狙ったというのも、俺らしいし……って、仲村聖は俺がどんな人間かなんて、わかってないだろうけど」

徳永の提案を笑顔で受け入れると、藤岡は、

「それじゃ、逮捕シーンの演出を細かく決めよう」

と身を乗り出した。

「仲村聖の情報網《じょうほうもう》にひっかかるように、ちょっとした騒ぎを起こすほうが、信憑性《しんぴょうせい》が増

すだろう?」

「そうだな。逮捕の場所は?」

徳永もすぐ納得してみせ、問い掛ける。

「二人はこれから食事に出る。そのレストランにしよう。近くにリゾートホテルがある」

「時間は?」

「一時間後で。俺も一人で食事をしているよ」

場所と時間を決めると藤岡はすっと立ち上がった。

「万一を考え、服装は変えるつもりだ。髪型もね。入口近くの席にいるから早々に見つけてほしいな。それじゃ」

淡々とそう告げると、藤岡はさっさと部屋を出ていってしまった。

「徳永さん……」

話の展開には一応ついていけているつもりではあるが、それにしてもすべてが予想外で戸惑いしかない。瞬は思わず徳永に呼びかけてしまったのだが、徳永には瞬の気持ちは手に取るようにわかるのか、ぽんと肩を叩いてきた。

「一時間ある。この時間で今後の計画を立てよう」

「はい」

藤岡を連れて仲村邸に入ったあと、どのように動くか。それを考えねばならない。目的は朋子を捜すことだが、どんな手を使えばそれができるのか。考え込みそうになっていた瞬は肩を再び叩かれ、はっと我に返った。

「それまでに気持ちの整理をするといい」

徳永が笑顔でそう告げるのを聞き、瞬は一瞬、気持ちの整理？　と不思議に思ったせいで返事が遅れた。

「……あ、はい」

しかしすぐ、もしや気持ちの整理が必要なのは徳永のほうなのかと気づき、頷《うなず》く。藤岡の手を借りて仲村邸に入ることは即《すなわ》ち、藤岡と共に仲村聖や彼の家の人間を騙《だま》すことに他ならない。詐欺といっていい行為をすることになると瞬は気づかされたのだった。

瞬としては、それしか手がないのだから仕方がなかろうとすぐに自分を納得させることができたが、高潔な精神を持つ徳永には難しかったのだろう。

本当にどこまでも尊敬できる上司だ、と瞬は改めてそう思いながら、あまりに容易に自分にとって都合のいい解釈をした己の倫理観《りんりかん》を恥ずかしく思った。

一時間の間に、まず、徳永と瞬は、休暇で来たというアピールのため、近くのショッピングモールで服を購入し、ホテルに戻って着替えたあと、レンタカーを手配し、ホテルの駐車場に停めた。

その間に大原から連絡が入り、仲村邸に関して彼が集めた情報を共有してくれた。

『警備が厳しいのはいつものことだそうです。昔はそんなことはなかったそうなんですが。近くのビーチの清掃《せいそう》をボランティアとして始めたあたりから、環境改善事業だと政治家が積極的に仲村さんの行動に絡み始め、それ以降は仲村さん本人が表に出ることはなくなったと。まあそれまでも大して出てきてはいなかったそうなんですが』

「それ以降、警備が厳しくなったと、そういうことか?」

徳永の確認に大原は、『だそうです』と答えたあとに報告を続けた。

『気になったのは、昨日だか一昨日だかの夜中に仲村邸に数台の車の出入りがあったということです。夜中に車通りは滅多《めった》にないのでめずらしく感じたと、近隣に住む奥さんが言ってました』

「そうか……!」

徳永の声が僅《わず》かに弾む。やはり朋子はあの家にいるのではないかという可能性が高まった、と、瞬も自然と拳を握り締めていた。

「詳しいことは直接会って話すが、潜入の目処《めど》がついた」

今後について、徳永は大原にそう告げ、

『え!?　いつの間に!?』

と彼を驚かせた。

「仲村聖が在宅しているかどうか、確かめられるようなら確かめてほしいんだが」

だが徳永が新たな依頼を告げるとすぐ、

『おそらくいると思いますが、確認します』

と詳しい話をねだることなく返事をして寄越した。

『「おそらく」というのは、仲村聖は滅多に外出しないと聞いたからです。今日外出していれば、近隣の人がまずそれを話してくれたでしょうから」

「なるほど。わかった。念のため確認を頼む」

電話を切ると徳永は瞬に対し、ホテルを出てからの流れを改めて説明してくれた。

「整理のために繰り返す。我々は昼食をとるために入ったホテルのレストランで藤岡を発見、現行犯逮捕に踏み切る。藤岡のフルネームは二回ほど繰り返すが、俺にその機会がないときは麻生、お前に任せる」

「わかりました」

返事をすると徳永は頷き、先を続けた。

「そのまま車に藤岡を連れ込み、彼の供述を受けたという触れ込みで仲村邸へと向かう。

藤岡が過去の顚末《てんまつ》を語ったあと、実況見分《じつきょうけんぶん》を行うという無茶な流れになんとか持ち込めれば、邸内の散策ができる。勢いとハッタリに頼るしかないというのはなんとも情けないが、やるしかないからな」

徳永の性格からして、詐欺《さぎ》めいた行動は不本意であるのだろう。それがわかるだけに瞬は、余計なことは何も言わずにただ、

「わかりました」

と返事をするに留め、自身が取るべき行動を頭に叩き込んだ。

間もなく一時間が経とうとする頃、徳永と瞬はレンタカーで藤岡に指定されたホテルへと向かい、レストランを目指した。

「……！」

入ってすぐの席に藤岡は打ち合わせどおり座っていた。服装も髪型も先程とはまるで違う。指名手配書の写真の印象とは、敢《あ》えて変えているようで、金髪に近い茶髪に派手なTシャツ、それにサングラスという、地元の若者としか思えない姿ではあるが、わざとなのだろう、周囲からは少し浮いて見えるように、微かな違和感を醸《かも》しだしている。

「行くぞ」

小声で徳永が告げ、藤岡に向かって歩き出す。瞬もまた緊張を高めつつあとに続いた。

「藤岡大也だな？」

　テーブルのすぐ傍まで近づくと、徳永はよく通る声で藤岡の名を告げた。

「え？」

　藤岡は一瞬、虚を衝《つ》かれた顔になった。演技が上手《うま》い、と瞬が感心しかけたとき、藤岡が勢いよく立ち上がり、徳永を押し退け逃げようとする。

「待て！　藤岡！」

　しかし徳永はそんな彼の腕を摑《つか》み、背中で捻《ね》じ上げて動きを制した。

「くそっ！　離せ！」

　暴れる藤岡を徳永が押さえ込みつつ、またも声を張り上げる。

「詐欺罪で指名手配中の藤岡大也で間違いないな？」

「くそぉ、沖縄まで逃げてきたというのに、まさか見つかるとは……」

　悔《くや》しげな声を上げる藤岡を引き立て、徳永が出口へと向かう。

「離せ！　離せよ！」

「煩《うるさ》い。大人しくしろ！」

　大分目立ってはいるが、あっという間の出来事で、店内の客たちも唖然《あぜん》としている。それを横目に瞬は慌てて二人のあとを追い、駐車場へと向かった。

車に乗り込ませるときにも、藤岡は抵抗を続けた。

「出してくれ」

一緒に後部シートに乗り込んだ徳永の指示で、瞬が車を発進させてようやく、藤岡は演技をやめ、笑い出した。

「さすが徳永さん。自然な演技だった。詐欺師になれるよ」

「………」

対する徳永は無言のままじろりと藤岡を睨《にら》んだだけだったが、藤岡が、

「このまま、仲村邸に向かうよね？」

と問い掛けたのには「ああ」と頷いてみせた。

「仲村は在宅していると確認が取れている」

「警察手帳は持ってるよね？　警視庁は非番でも携帯してるって聞いたことがある」

「持っている。麻生も持っているな？」

「はい、あります」

藤岡は何でも知っているのだなと感心しつつ、瞬は返事をし、バックミラー越しに彼の表情を窺《うかが》った。

「刑事の訪問を固辞するほうが何かあるんじゃないかと勘ぐられそうだから、まず、門前

払いはないと思いたいが……どうだろうな」

　視線に気づいた藤岡が目で笑ってみせたあとに、視線を徳永へと移し、問い掛ける。

「祈るのみだな」

　徳永は短く答えると、藤岡に問いを発した。

「過去の詐欺についての供述内容を事前に打ち合わせたい」

「正直な話をすると、その場で追い出されかねないから、敢えて作り話をするつもりだ。以前、尊敬する仲村聖の役に立ちたいと信奉者の振りをして潜り込むことに成功し、出身地が環境汚染の被害を受けていることを信じさせ、金を引き出そうとした……実際は、仲村聖が東京から逃れてきた犯罪者である証拠を探しに来たんだが、警察にはそれを黙っておいてやると、機会を作って本人にぶつけてみるつもりだ。どういう反応を見せたかはあとで報告するよ」

「状況として難しそうだが……」

　そうした機会を作るのは、と徳永は呟《つぶや》いたが、藤岡が涼しい顔でいるのを見て、やれやれというように溜め息を漏《も》らした。

「お前にとっては容易《たやす》いというんだな」

「容易いとまでは言わないよ。できなくはないというレベルだ。とはいえ、相手が仲村聖だと思うと、油断はできないんだよな」

藤岡が珍しく難しい顔になる。

「どうしてですか？」

会話は徳永に任せていたはずが、気になったせいでつい、瞬は藤岡に問い掛けていた。

「雑な言いかたになってしまうんだけど、得体が知れない相手だから。なんだろうな。抱えている闇が大きすぎるというか……」

上手く説明できないんだが、と藤岡はそれでも真面目《まじめ》に答えてくれた。と、そんな彼に徳永がふと思いついたように問いを発する。

「お前から見て仲村聖は善人か？　悪人か？」

意外だ、と瞬は思わずバックミラー越しに徳永を見やってしまった。というのも、徳永はあくまでも藤岡とは距離を保つというスタンスをとっていると思っていたからである。

協力を申し出てくれたとはいえ、藤岡が犯罪者であることにかわりはない。かつて彼が殺人犯として指名手配されたときに徳永は、藤岡は詐欺師ではあるが殺人はしないのではないかという疑問を持ち、結果として疑いを晴らしてやっていた。とはいえ彼自身が犯した罪に関しては償うのが当然だという態度は一貫している。

今、その彼の手を借りざるを得ないことに対し、自分が想像している以上の葛藤《かっとう》を抱いていると察していただけに、徳永のほうからそうした問いかけをするとは、と、瞬は驚いてしまっていたのだが、藤岡も似たようなものだったのか、徳永の問いを受けた瞬間、目を見開き彼の顔を凝視した。

が、すぐに自分を取り戻したようで、

「善人」

と答え、徳永に向かってニッと笑ってみせる。

「間違いなく善人だとは思う。もともとがどうだったかはともかく、今は善人だ。俺が脅《おど》そうとしたときにも既に『善人』だったよ」

「殺されかけたと言ってなかったか?」

仲村が四十年前の殺人犯と気づき、脅しをかけたが殺されかかったので逃げ帰ったという話は、瞬も徳永と一緒に聞いていた。確かに『善人』であるのなら、詐欺師とはいえ殺そうとするだろうか。矛盾《むじゅん》があると瞬もまた藤岡の答えに注目する。

「彼本人は手をくださない。実際汚いことをするのは彼を守ろうとする周囲の人間たちだよ。怖いのは彼の命令でしているわけじゃないというところかな。あくまでも仲村本人は『善人』だ。正しくは『善人』じゃなければいけないと自分を律している。そして周囲の人間も仲村は『善人』じゃなければならないと望んでいる。狂信的なくらいに。命でも助けられたんじゃないかなあ、あれは」

「仲村に『善人』にふさわしくない評判が立つと、本人の知らないところでその評判にかかわった者が排斥《はいせき》されると、そういうことか？」

藤岡の話を徳永が整理した上で確認を取る。

「ああ。俺が死にかけたのはそのせいだった。今は当時よりその傾向が進んでいるようだよ。今や仲村は沖縄が誇る『聖人』で、彼の影響力は当時とは比べものにならないほどだ。経済的にも政治的にも利用が見込めるということで、あくどいことを考える人間が彼の周辺にはいそうだよ。本人の、というよりは、取り巻きの誰かの周りに、かな」

「……そうか……」

徳永が考え込む姿をミラー越しに見ながら、瞬もまた今の藤岡の話について考えていた。暴力団事務所を爆破したのも、仲村の取り巻き——の周辺にいる『あくどい』人間ということなのだろうか。仲村自身の関与はないと？

実際そのとおりだったとしたら、仲村もまた被害者ということになりはしないだろうか。

「ああ、麻生君、今のはあくまでも俺の見解だからね」

と、藤岡が、瞬の思考をまるまる読んだようなタイミングでそんなことを言ってくる。

「……はい、すみません……」

そうだ。事実ではなかった。まずは自分の目で仲村の人となりを確かめることが必要だ。

頷《うなず》いた瞬の耳に、ぷっと噴き出す藤岡の声が響く。

「俺に『すみません』とか、ウケるんだけど。麻生君は本当に素直ないい子だねえ」

「な……っ」

こんな風に揶揄《やゆ》されて初めて瞬は、自分が藤岡に対し『はい』と素直に返事をしただけではなく謝罪までしていたことに気づいた。気づくと同時に頭にカッと血が上り、言葉が出てこなくなる。

「仲村邸では僕を敬《うやま》ってくれなくていいからね。何せ君たちに逮捕された詐欺師なんだから」

「……っ」

尚も揶揄してくる彼に言い返したいが『わかってます』とまた丁寧語《ていねいご》になってしまいそうだったので言葉を呑《の》み込む。それでまた藤岡には噴き出されることになったのだが、

「からかうな」

と徳永が藤岡を睨《にら》み、一応の収まりを見せた。

「……申し訳ありません……」

自覚が足りなかったかと、瞬は徳永に詫《わ》びたが、徳永はミラー越しに頷いてみせただけ

で叱責《しっせき》の言葉を告げはしなかった。

「いよいよだな」

やがて車は仲村邸を囲む外塀《そとべい》に辿《たど》り着き、正門が近づいてくる。ぽつ、と呟いた藤岡の口調は相変わらず軽かったが、ミラー越しにちらと見やったとき、目に入った彼の表情は真剣だった。その横では徳永もまた眉間《みけん》にくっきりと縦皺《たてじわ》を刻んでいる。

いよいよ、仲村聖——沖縄の聖人にして、四十年前の殺人犯の可能性がある男と初めて顔を合わせることになる。果たして彼は本当に『善人』なのか、それとも『悪人』なのか。見極めねば、と運転しながらも瞬はハンドルを握り締めずにはいられなかった。

# 3

仲村邸のインターホンを押したのは瞬だった。応対に出た人間にまず名乗り、用件を伝える。

「警視庁の麻生と申します。仲村聖さんはご在宅でしょうか」

『……警察が先生になんのご用でしょう』

インターホンの向こうに緊張が走ったのがわかり、瞬の緊張も高まる。

「指名手配中の詐欺師《さぎし》を逮捕したのですが、彼が以前、仲村さんを騙《だま》そうとしたと自白しまして。その確認を取らせていただきたいのです。お忙しいとは思うのですがご協力いただけないでしょうか」

藤岡に笑われながらも、何度も練習をしておいたおかげで、瞬はすらすらと最後まで告げることができた。

『……少々お待ちください』

一旦インターホンが切られたあと、数分待たされる。もしも断ってきたら、面通《めんとお》しだけでもと粘ることになっていた。やがて門が少し開き、先程とは違う若者が出てきたかと思うと、軽装の瞬を訝《いぶか》しげに見つつ、口を開いた。

「警察手帳を見せてもらえますか」

「もちろんです」

ポケットから取り出した警察手帳を提示しながら瞬は、

「実は今、休暇中でして、このような格好で失礼します」

と、軽装の理由を告げ、訝しそうな顔になった男に説明を始めた。

「沖縄には休暇で来たのですが、逃走中の詐欺師を先程偶然発見し逮捕したところ、その詐欺師が仲村さんの名前を出したのです。以前、詐欺行為を働いた仲村さんに対して、今回も詐欺行為を計画中だったとのことなので、仲村さんから少しお話を伺《うかが》いたいのです」

これも練習済みの台詞《せりふ》だったが、人を前にするとさすがに顔が強張《こわば》りそうになった。なんとか気力で最後まで平静さを装《よそお》い言い切ったあとに瞬は、おそらくこの若者は確認を取りに戻るだろうと考えていたのだが、予想は外れることとなった。

「警察と確認ができたので、どうぞ。門を開けますので車で入ってください」

そう言うと若者は一礼し、先に門の中へと入った。すぐに門が大きく開いたため、瞬は運転席に戻ると、少し奥まったところにある建物前を目指した。

　エントランスには先程の若者以外に二名、やはり若い男が控えていた。二人のうちの一人は、最初にここを訪れたときに出てきた男で、休暇中というアピールをしておいてよかったと瞬は安堵《あんど》の息を吐いた。

　瞬と徳永に加え、徳永に腕をとられた藤岡が車を降りると、若者たちは顔を見合わせたあと、一人が問いを発してきた。

「その茶髪の人はもしや逮捕した詐欺師ですか?」

「そうです。本人が仲村さんと面識があると言い張るのと、今後詐欺を働こうとしていたと漏《も》らしたこともあって、仲村さんからお話を伺いたいと思い連れてきたのです」

　説明を担当したのは徳永だった。堂々とした物言いには迫力があり、従わざるを得なくなるような空気を醸《かも》し出している。

「わ、わかりました。先生は刑事さんにはお会いになると仰《おつしや》っていましたので……」

　若者たちもまたそのような気持ちになったらしく、戸惑いながらもどうやら仲村のもとに案内してくれるようである。さすがだ、と改めて感心しながら瞬は、徳永と藤岡のあとに続き、建物内へと入っていった。

　建物は平屋だったが、開放的な沖縄の建造物とは一線を画していた。壁はコンクリート打ちっぱなしであり、廊下《ろうか》に面した部屋のドアはすべて固く閉ざされている。非常口の緑の表示が前方にあるが、あのドアの向こうは外ではないような。地下にでも通じる階段があるのではないだろうか。そんなことを考えながら瞬は廊下を進み、突き当たり近いところにある部屋へと到達した。

「先生、刑事さんをお連れしました。その……詐欺師も一緒です」

若者がノックをして開いたドアの向こうにそう声をかける。

「詐欺師?」

訝しそうな老人の声が聞こえる。仲村聖だろう。いよいよ対面できるのかと緊張を高めていた瞬の耳に仲村の声が響く。

「とにかく入ってもらいなさい」

「かしこまりました」

若者が一礼をしたあと、扉を大きく開く。応接室と思《おぼ》しき室内のソファには一人の痩《や》せた老人が座っていた。

彼が仲村聖——沖縄の子供の二人に一人が尊敬する人物として名を挙げるという、沖縄の『聖人』。なんとなく大柄な人物を想像していたが違ったようだ、と瞬はつい、老人を凝視してしまったが、目が合ったことで慌てて顔を伏せた。

「ご苦労様です。警察のかたには協力を惜しみませんが、少々話が読めませんで……警視庁のかたということでしたな。ということは東京の刑事さんなんですかな？」

立ち上がり、老人が挨拶《あいさつ》をしたとき、背後でドアが開いた。

「失礼します」

飲み物の載った盆を手に入ってきたのは、中年の男だった。目つきが鋭い長身の男で、

「どうぞ、お座りください」

と徳永らに声をかける。

「失礼します」

徳永がまず一礼し、仲村の前の三人掛けのソファに藤岡と共に腰を下ろす。藤岡の隣に瞬も座ると、中年の男は四人の前に飲み物をサーブしたあと、仲村の背後に立った。

警護役だろうか。カタギには見えないと、つい、瞬が注目している中、徳永が先ほどの仲村の問いに答える。

「はい。東京から参りました。徳永と申します」

告げながら徳永が警察手帳を開いてみせる。瞬もまたそれに倣《なら》った。

仲村は反応を見せなかったが、背後に立つ中年の男は厳しい目を警察手帳に注いでいた。

徳永は手帳を閉じると、説明を再開した。

「現在は休暇中ですが、指名手配中の詐欺師、藤岡を沖縄で発見したため逮捕致しました。罪状確認の際に藤岡が仲村さん、あなたの名前を出したのと、この先詐欺を働くつもりだったと言い出したため、確認のためお邪魔させていただきました。お手数をおかけすることになり申し訳ありません」

「休暇中に指名手配犯を逮捕。それはご苦労さまです。仲村聖です」

仲村もまた名乗ってくれたあとに、藤岡へと視線を向け、確認を取ってきた。

「彼がその詐欺師ということですな」

「はい。十年ほど前に、ここに滞在し、仲村さんに詐欺を働こうとしたそうですが、ご記憶にありませんか？」

徳永の問いを受け、仲村は藤岡をじっと見つめたが、やがて、

「いやあ、覚えがないですな」

と首を横に振った。

「それはショックだ」

と、ここで藤岡が声を上げる。

「忘れてしまいましたか？　仲村さん。俺としては当時、爪痕残したつもりだったんだけどな」

「藤岡、いい加減にしろ。仲村さん、失礼しました」

徳永が藤岡を制したあと、慇懃《いんぎん》に仲村に対し頭を下げる。

「いや、かまいませんよ。ただやはり記憶にないですねえ」

首を横に振る仲村に、徳永が言葉を続ける。

「彼はこのあとあなたに詐欺を働くつもりだったそうです。最近、身の回りで何か不穏なことはありませんでしたか？」

「不穏……どうだ？　勝沼《かつぬま》」

仲村が背後に立つ男に問い掛ける。男の名は勝沼というのかと思いつつ、瞬は彼の答えを待った。

「特には」

短く答えた勝沼の眼差《まなざ》しは相変わらず鋭い。一体何者なのだろう。本人が名乗る気配もなければ、仲村が紹介の労を執《と》ることもなさそうである。徳永が聞くだろうかと視線を向けるより前に、その彼が問い掛けていた。

「失礼ですがあなたは」

「私の秘書です」

答えたのは仲村だった。

「五年前から勤めてくれています。私ももういい歳《とし》ですので記憶は曖昧《あいまい》ですし注意力も散漫になっていますが、勝沼はそれはしっかりしていますので、彼が『特にない』と言うのでしたら実際、何もなかったのでしょう」

笑顔で答えると仲村は、立ち上がった。

「被害に遭《あ》うこともなかったし、詐欺師も逮捕された。警察のおかげですね。ありがとうございました」

面会はこれで終わりという宣言だった。そのまま立ち去ろうとする仲村に、徳永が声をかける。

「申し訳ありません。今少し。藤岡の供述の裏を取らせていただきたいのです。過去にあなたに詐欺を働いた件について」

「先程も申し上げましたが、記憶にないですね。十年も前のこととなると……」

首を横に振る仲村に、徳永が粘る。

「話だけでも聞いていただけませんか。お願い致します」

頭を下げる徳永の横では、藤岡がにやにや笑いながら口を開く。

「昔話をしようぜ、仲村さん。そうすりゃ過去のことも思い出すんじゃないか？　沖縄に来る前のこととかさ」

援護射撃のつもりだろうか。しかし打ち合わせとは違うような。でたらめな詐欺話をでっちあげるのではなかったかと、瞬が戸惑う横で、徳永が厳しい目で藤岡を見据え喋《しゃべ》り出す。

「余計なことは言わずに、十年前の詐欺について話すんだ」

「余計かねえ」

冷笑する藤岡を徳永が怒鳴りつける。

「ああ、余計だ。早くしろ。仲村さんにお手間を取らせるな」

「はいはい、わかりましたよ。あ、その前にトイレ、貸してもらえませんかね。もよおしちゃって」

藤岡は普段の彼より随分《ずいぶん》と下卑《げび》た印象を与えるように振る舞っているのではと瞬は感じた。とはいえ瞬も『普段』の彼を知っているわけではない。彼もまた瞬と同じく、一度見た人の顔は忘れないという能力を持っているがゆえに、長年指名手配されていても逮捕を免れているというが、詐欺を繰り返すことができるのはその能力以外にも要因があるのかもしれない。たとえば、さまざまな人間になりきることで、己の本当の姿を隠すことができるとか——そんな思考も徳永に呼びかけられたことで打ち切られることとなった。

「麻生、付き添え」

「は、はい。わかりました」

「仲村さん、よろしいですか？」

続いて徳永は仲村に許可を取る。

「ええ。勝沼、案内してあげなさい」

仲村は笑顔で承諾《しょうだく》し、背後に立つ勝沼に声をかける。

「わかりました」

勝沼は短く答えるとドアへと向かっていった。瞬もまた藤岡の腕を摑《つか》んで立ち上がらせるとドアへと向かう。

「こちらです」

廊下《ろうか》に出ると勝沼は玄関のほうへと引き返していった。瞬は藤岡と意思の疎通《そつう》を図ろうとし、ちらと彼を見やったが、藤岡が瞬を見返すことはなかった。

「ここは十年前と変わらないなあ。仲村さんも変わってなくて驚いた。いや、さすがに年は取ってたかな」

歌うような口調でそんなことを言い出したが、聞かせようとしている相手は勝沼なのか、と前方を歩く彼へと視線を向ける。

「あ、そこがトイレだよね。案内ありがとう」

勝沼が足を止めると、藤岡はそう言い、振り返った彼にニッと笑いかけた。一方勝沼は無表情のまますっと横に退いたものの、そこから立ち去ろうとはしなかった。

「あの……ありがとうございました」

もしや藤岡がトイレから出るまで見張るつもりだろうか。トイレは藤岡が邸内を探索する口実だと、瞬は考えていた。しかし見張りが自分だけなら探索も可能だが、勝沼もいるとなると話が違ってくる。

「私が見張っていますので、お戻りいただいてもいいですよ」

手間を取らせるのは悪いという気遣いを前面に出しつつ、瞬は勝沼に声をかけてみた。疑われないようにと、顔が引き攣《つ》るのを堪えて笑顔でなんとかそう言ったというのに、勝沼からの返しは一言、

「お気遣いなく」

のみで、無表情となった彼がその場から立ち去る気配はなかった。

それ以上彼を部屋に戻そうとするのは不自然だ。困ったと思いはしたが、表情に出すわけにはいかないと瞬はただ「すみません」と頭を下げるに留めそのまま俯《うつむ》いていた。

「いやだな、逃げませんよ」

藤岡がさも馬鹿にしたような軽い口調で言いながらドアを開く。彼の背中越しに中が見

えたが、広々とした空間で、手前に大きな鏡のついた洗面台があり、その奥に便器があるという造りだった。すぐにドアが閉められたためにそれ以上の観察はできなかったものの、当然ながら入口以外に扉などなかった。

中から水の流れる音がする。これでは用を足すことしかできないだろう。勝沼がいるので瞬自身も身動きが取れない。焦りはするが表情に出すわけにもいかない。これが徳永なら何か打開策を思いついただろうに、と瞬は無表情を装いつつ、心の中で溜め息をついた。

藤岡は比較的すぐにトイレから出てきた。瞬に向かい、

「刑事さんも行っておいたら？」

と揶揄《やゆ》してきたが、どう考えても、それではお言葉に甘えて、という流れは不自然だと思えたので、藤岡を睨《にら》むに留めた。

「怖い顔しないでよ。新人さんだろ？　休暇中に仕事させられるなんて、気の毒だね。というか、君、上司と休暇で沖縄に来たの？　変わってるねえ」

「静かにしろ」

このくだりは、特に打ち合わせていたわけではない。何を思って仕掛けてきているのかがわからないことに内心冷や汗をかきながら、瞬はこれが正解だろうと藤岡を睨んだ。

「怖い怖い。さあ、戻ろうか」

藤岡は相変わらずふざけている。舐《な》められたままでいいのか。勝沼の目にはどう映っているのだろう。自分が何もできないまま部屋に戻ることになったのを、瞬は反省せずにはいられなかった。

応接室に戻ると、徳永は仲村と会話を交わしていた。

「もう長いこと、本土には行っていませんね。沖縄から出ることがまず、ありませんので」

「ご旅行もされないのですか？」

世間話といったところか。先程と同じソファに藤岡を挟んで座り、二人の会話に瞬は耳を傾けた。

「しませんなあ。若い頃は金銭的にも時間的にも余裕がなくて旅行どころではなかったし、今はまあ、時間があるので行こうと思えば行けるんだろうが、特に行きたい場所もないんですよ」

「それだけ沖縄がお好きなんですね」

徳永が微笑《ほほえ》み告げたのに、

「ええ、本当に沖縄はいいところですから」

と仲村も柔らかく微笑み、頷《うなず》いたあとに視線を藤岡へと向け口を開いた。

「十年前に詐欺《さぎ》をしかけられたということでしたが、やはりまったく覚えがないんですよ。

沖縄に来てからは騙《だま》されたことがありません。沖縄の人は皆、いい人ですしね」

「彼は沖縄の人間ではありませんが……」

徳永が遠慮《えんりょ》深く指摘するのを聞き、仲村は「そうですな」と笑顔で頷いたあと、言葉を続ける。

「しかし、本当に覚えがないんですよ。詐欺ということは金銭を騙し取られたということですよね。さすがにそんなことがあれば記憶に残っているはずですが、考えてみても思い出すことがなくてねえ」

言いながら仲村はまじまじと藤岡の顔を見つめていたが、やがて首を横に振りつつ、視線を徳永へと戻した。

「やはり記憶にありません。何かの間違いではないですかね」

「そうですか……」

「間違いじゃないいんだけどなあ」

藤岡が不満そうな声を出したが、徳永はそんな彼に厳しい眼差《まなざ》しを向け、語気荒く言い放った。

「一応説明するといい。過去に働いた詐欺と、これから働こうとしていた詐欺について。仲村さんと直接話せる状況を作れば話すと言うから連れてきたんだ」

「話すよ。そっちが雑談してたんだろうが」

藤岡はどこまでも反抗的だったが、徳永が更に厳しい目を向けると、「わかったって」と首を竦《すく》め、話し出した。

「十年前、沖縄の聖人が環境問題に興味を持っていると聞いたので、荒川《あらかわ》が汚染されてきたせいで、天然鰻《てんねんうなぎ》の漁に影響が出て困っているといった話を持ち込んだんだ。俺の親は東京の下町出身で、子供の頃、仲村さんと仲が良かったと聞いた、親のよしみで助けてほしいと。覚えてないかな？」

藤岡は適当な詐欺話をでっち上げると言っていたが、『下町』をぶっ込んでくるつもりだったとは聞いていなかった。瞬は息を呑《の》みそうになるのを堪え、仲村の反応を見守ったのだが、仲村には少しの動揺《どうよう》も見られなかった。

「いや、まったく。そもそも私は東京に住んだことがありませんので、過去にそのような話を持ちかけられたとしたら、人違いだと申し上げていたはずですよ」

首を傾《かし》げつつ答える様子からは、訝《いぶか》しさは感じられても、焦りのようなものはまるで見られない。

「当時は同情してこちらの言い値をぽんと出してくれたんですがね」

一方、藤岡のふてぶてしい態度も一貫していた。でたらめに違いないのに、さも相手が嘘をついている、もしくは勘違いをしているという体《てい》で話を続けている。

「それで今回はどんな詐欺を働こうとしていたんだ？」

徳永は藤岡に対し、懐疑的という態度を見せていた。沖縄の聖人と詐欺師、どちらを信用するかとなればどう考えても前者であろうから当然である。瞬も同じように感じている演技をしつつ、藤岡へと視線を移した。

「また身内をネタにしようとは思ってた。環境汚染をでっち上げられ、親戚《しんせき》の町工場が倒産に追い込まれている。下町の再開発事業のために土地を売れと言われたのを断ったから。主謀者《しゅぼうしゃ》は有名な代議士で、仲村さんとも親しい仲だと公言している。どうか親戚を助けてやってほしい……まあ、おおかた事実なんだが。違うのはそうした被害に遭《あ》っているのが俺の親戚じゃないってことだ」

瞬には今の藤岡の話の信憑性《しんぴょうせい》について、判断がつかなかった。仲村の反応は、と彼を見ると、先程とは打って変わって厳しい表情を浮かべ、藤岡に問いを発する。

「本当にそのようなことが行われているのですか？」

『町工場』に対する反応を見ようとしていたのだが、仲村が気にしたのは事実関係だった。

「嘘じゃないって言っただろう？　代議士の名前も言おうか？　環境大臣も務めたことがある園部大吉《そのべだいきち》だよ」

「……………」

　その名を聞いて仲村は黙り込んだ。この様子だともしや藤岡は事実を言っているのかもしれない。少なくとも園部代議士とのかかわりはあるということなのでは。瞬が見守る中、仲村の背後から勝沼が彼に声をかけた。

「先生、戯《ざ》れ言《ごと》です。詐欺師の与太話《よたばなし》に耳を貸す必要はありません」

　と、仲村が彼を振り返り、何かを言いかける。が、結局は微《かす》かに首を横に振ると視線を徳永へと向け口を開いた。

「初めて聞く話です。よってなんの被害も受けていません」

「そうですか……それはよかったです」

　徳永が答えた直後に、勝沼が声を発した。

「そろそろよろしいでしょうか。これ以上先生がご協力できることもなさそうですので」

「……そうですね」

　徳永が瞬に目配せをし、二人して藤岡の腕をそれぞれ摑《つか》んで立ち上がらせる。

「お時間いただきありがとうございました」

「いや、せっかくご足労いただいたのになんのお役にも立てず、申し訳なかったです」

　仲村もまた笑顔で立ち上がると、徳永や瞬、それに藤岡に対しても視線を送ったあと、丁寧《ていねい》に頭を下げた。

「お役目ご苦労様でした」

すかさず勝沼が三人の前に立ち慇懃《いんぎん》な態度でこう告げる。

「玄関までお見送りします」

そして共に歩き出そうとする仲村に対しては、

「先生はどうぞこのまま」

と一礼し、返事を待たずにドアへと向かっていった。瞬も徳永や藤岡と共に彼に続く。

「ありがとうございました」

部屋を出るとき徳永は仲村を振り返り、再度頭を下げた。それに倣《なら》いながら瞬もまた彼を振り返ったのだが、笑顔を浮かべながらにして仲村の表情は曇っていた。

玄関では徳永は勝沼に対しても丁寧に礼を言っていた。

「どうもありがとうございました。お手数おかけし申し訳ありませんでした」

「警察手帳をもう一度見せてもらえますか？」

勝沼がそう言い、徳永に対してすっと右手を差し出す。

「わかりました」

徳永は素直に頷き、内ポケットから出した手帳を示した。

「あなたも」

勝沼の視線が瞬へと移り、そう告げてきたため、瞬も慌てて警察手帳を取り出した。

「警視庁のかたですよね。徳永潤一郎警部補に麻生瞬巡査長」

じっくりと警察手帳を眺めたあと、勝沼はそう言い、徳永と瞬を順番に厳しい目で見据えてきた。

「はい」

徳永が返事をし「もうよろしいでしょうか」と問うてから手帳を閉じる。

「これ以上無関係の先生を巻き込まないでいただきたい」

勝沼の声も目つきも厳しいものだった。一見、主思いの振る舞いと思わせるが、恫喝《どうかつ》の匂《にお》いもする。やはり真っ当な人物とは思えない、と瞬は勝沼の顔を密かに観察した。

見覚えはない。が、ヤクザではないだろうか。勝沼という名字からすると、沖縄の人間である確率は低そうである。

調べてみる必要がありそうだ。そう思いながら瞬は、

「ありがとうございました。大変失礼いたしました」

と慇懃に頭を下げる徳永の横で頭を下げると、彼と共に藤岡を引き立てるようにして仲村邸を辞した。

「取り敢《あ》えずホテルに戻ろう」

徳永の指示で瞬は元来た道を戻るべくハンドルを切った。

「打ち合わせと違ったようだが」

徳永が並んで後部シートに座る藤岡を睨《ね》め付ける。

「うん。あのボディガードがいる限り、邸内の散策は不可能っぽかったからね。早々に切り札を使うことにしたんだ」

肩を竦《すく》める藤岡に、徳永が問いを重ねる。

「切り札は園部代議士か？」

「それと、『下町の工場』。代議士のほうはヒットしたけど、下町のほうは不発だったね」

藤岡が苦笑し、尚も肩を竦める。

「お前に見覚えがない様子だった」

徳永がぽつりと呟《つぶや》く。

「アレは演技だと思うなあ。見覚えがあったから下町を持ち出されても動揺しなかったんじゃないかな」

「十年前にも脅《おど》されているからか？」

瞬の聞きたかったことを徳永が藤岡に問い掛ける。

「多分ね。ただ、十年ぶりに会ったけど、危険度はまるで失せてる気がしたよ。十年前、彼に対して四十年前の殺人事件のことを匂わせたら、その場で殺されそうなほど殺気が漲《みなぎ》ってた。今の彼にはそうした凄《すご》みが皆無だ。拍子抜けするほどに」

「……………確かにな」

頷《うなず》いた徳永が考え込む様子となる。と、スマートフォンのバイブ音がし、徳永が内ポケットから取り出し応対に出た。

「はい……ああ。わかった。これからホテルに来てもらえるとありがたいんだが」

会話の様子からかけてきたのは大原ではないかと瞬が考えているうちに電話は切られた。

「ホテルの駐車場で俺は逃走するよ。既に沖縄県警に連絡がいってると思うし」

と、藤岡が明るくそう言い、徳永の顔を覗《のぞ》き込む。

「ちょっとした演技はしたほうがいいよな。監視カメラの映像に映る程度には」

「わかった。協力に感謝する」

徳永は短く答えると、藤岡に対し頭を下げた。

「いやいや。今のところなんの役にも立ってないから。今のところは」

と、藤岡が謎めいた表情を浮かべ、そう告げる。

「『今のところは』？」

繰り返されたその言葉の意味は、と徳永が問うのに、藤岡は「いやあ」と少し照れたような表情を浮かべた。

「ちょっとしたお土産《みやげ》を置いてきたんだ。期待してくれていい」

「何をした？　手洗いに立ったときか？」

徳永が厳しく問い詰めかけたところで、ホテルの駐車場が見えてきた。

「すぐわかるよ。車を停めたら俺は麻生君が運転席から降りる前に徳永さんにスタンガンをくらわせて逃走する。あくまでも『ふり』だから安心してね」

藤岡がニッと笑ったあと、どこにしまっていたのか、小型のスタンガンを取り出し、徳永と、ミラー越しに後部シートを見ていた瞬に示してみせる。

「ちょっとは電気を流したほうがそれらしいかな。どうする？」

「好きなようにするといい」

徳永は愛想なく言い捨てたあと、再び、

「一体何をした？」

と藤岡を睨《にら》み付けた。

「すぐにわかるって。あ、さっき電話をかけてきたのは、もと刑事の大原海だよね？　昔、カジノで荒稼《あらかせ》ぎをしてた過去がある」

「な……っ」

どうしてそのことを、と驚いたせいで瞬は思わず声を漏《も》らしてしまった。大原の名が出ただけでも驚きだったのに、と動揺《どうよう》していた瞬だが、バックミラーの中で藤岡がニッと笑ったのを見て、しまった、またやってしまったと唇を噛《か》んだ。

「何が言いたい？」

徳永が手を伸ばし、藤岡の襟元《えりもと》を摑《つか》む。

「暴力反対。ほら、もう到着する。倒れる演技、よろしくね。麻生君も、少しは俺を追いかける振りをしてくれよ」

藤岡は徳永の手を振り解くと、身を乗り出して運転席を摑み、瞬にそう告げてきた。

「…………」

このまま車を停めていいのか。判断がつかず瞬はミラー越しに徳永へと視線を送ったのだが、徳永が憮然《ぶぜん》とした表情ながらも頷いたため、駐車場の空《あ》いたスペースに車を停めた。

「それじゃあまたいつかどこかで会おう」

徳永に続いて車を降りしなに、藤岡が瞬に向かいウインクして寄越す。ほどなく徳永の「うっ」と呻《うめ》く声と共に、ドサリと倒れ込む音が響き、演技が始まったことに気づいた瞬は、慌てて己の役割を果たすべく、車から飛び出したのだった。

# 4

「大丈夫ですか、徳永さん」

藤岡は『フリ』と言っていたが、スタンガンを結構強めの設定にしていたようで、立ち上がれなくなった彼に瞬は肩を貸し、ホテルの自分の部屋に連れていった。

「やられたよ」

徳永は苦笑していたが、部屋に戻るとすぐに捜査一課長に連絡を入れ、ことの顚末《てんまつ》を伝えた。

藤岡を一旦逮捕したものの取り逃がしたことに関し、課長の追及は厳しかったようだが、徳永が藤岡と共謀《きようぼう》したと語ることはなかった。

「おそらくですが、沖縄県警か、もしくは上層部から何かしらのコンタクトがあると思われます。ご迷惑をおかけすることになり申し訳ありません」

徳永の謝罪に対し、課長は「何を今更」と笑っていたと、電話を切ったあとに徳永は瞬に教えてくれた。

「とはいえあまり迷惑をかけるわけにもいかないからな」

徳永がそう告げたときインターホンが鳴ったため、瞬はドアのところまで行くと覗《のぞ》き穴から来訪者が大原であることを確かめ、中に招いた。

「お疲れ様です」

「あ、うん……」

大原の様子がおかしいことに、瞬も、そして徳永もすぐに気づいた。

「どうした？」

何かあったのだろうか。案じる瞬の前で徳永が心配そうに問い掛ける。

「……あの、ホテルの前で、男に声をかけられたんです。藤岡と名乗ってたんですが」

「藤岡!?」

驚いたせいで、つい、大声を上げてしまった瞬だったが、徳永は瞬ほど驚いてはいないようだった。

「その男に——藤岡に何かしろと言われたんじゃないか？」

狐につままれたような表情の大原に問い掛ける。

「はい、そうなんです。徳永さんから頼まれたということで、手配はすませてあるので、電気設備の工事業者に向かえと言われました。間もなく仲村邸からその業者に修理の依頼が来る、図面が見られるはずだと」

「……そういうことか……」

ぼそ、と呟《つぶや》いた徳永に大原が、

「どういうことですか?」

と身を乗り出し、問い掛ける。瞬もまたその意味を知ろうと、徳永の答えを待った。

「藤岡というのは、俺達が沖縄に来るきっかけとなった男だ。小柳さんが仲村のことを調べていたので彼に拉致《らち》されたに違いないと教えてくれたのは藤岡なんだ」

「情報源ということですね? 凄《すご》く胡散臭《うさんくさ》かったんですが、どういった人物なんですか?」

大原が疑念を抱くのも当然だと思ったのか、徳永はすぐ詳細を説明した。

「麻生と同じく、一度見た人間の顔は忘れないという特技を持つ詐欺師《さぎし》だ」

「詐欺師! 情報源が詐欺師とは想像すらしていなかったですが……そうか。だから休暇として来たんですね。詐欺師からの情報ではさすがに出張の許可は下りないでしょうし……」

「そのとおりだ」

頷《うなず》いた徳永に大原が心配そうに問い掛ける。

「信用はできるんでしょうか？　信用するからこそ、こうして沖縄にいるんでしょうが……」

「完全に信用しているわけではない。ああして本人が乗り込んできたことに対して正直驚いてはいるんだが、何せ手がかりが何もないからな」

徳永が言葉を選ぶようにして答えるのを聞きながら瞬は、そうは言っても彼の藤岡への信頼度は高いのではと考えていた。

殺人の疑いをかけられた際にも、藤岡は詐欺は働いても人は殺さないはずだと彼を信じていた。徳永が若い頃、逮捕した藤岡への取り調べを行ったというのが二人の関係のすべてであるはずだが、互いにある種の信頼関係で結ばれているように見える。犯罪者と刑事という、対立する立場にある二人の間にどうして信頼が芽生《めば》えたのかはわからない。通じるものがあったということだろうか——と、いつしか一人の思考の世界に入り込んでいた瞬は、大原の発言に我に返った。

「徳永さんは実際、藤岡に何か依頼したというわけではないんですね？」

「ああ。しかし藤岡に予告はされたからな」

「予告？」

不思議そうに問い掛ける大原に徳永は、先程まで藤岡の協力で仲村邸を訪れていたこと
と、藤岡が途中、手洗いに立ったことを説明した。

「そのときに何か仕掛けたんじゃないかと思う。天井の通風口からの可能性が高いが」

「あ！」

そうだったのか、と納得したせいで瞬はまた大きな声を上げてしまった。まったく気づかなかった。あの目つきの鋭い勝沼というボディガードに見張られていたので何もできなかったと落胆《らくたん》していた自分が恥ずかしい。あの間に藤岡はきっちり自分の『仕事』をしていたというのに、と落ち込んでいるのがわかったのか、徳永は瞬を一瞥《いちべつ》すると、

「向こうはその方面のプロだ」

気にするな、と苦笑してみせた。

「……はい……」

それでも落ち込んでいた瞬の肩をぽんと叩いた大原が、頭を整理している様子で語り出す。

「つまり、藤岡は電気系統に何かしらの仕掛けをして故障させるように仕向けた。間もなく電気工事業者が呼ばれるから、そこに俺が紛《まぎ》れ込んで、仲村邸の図面を見てくるとそういうことですね。徳永さんたちの沖縄での知り合いが俺ということまで彼は把握《はあく》している

んですね」

なるほど、と頷いた大原だが、続く徳永の言葉を聞き、彼もまた仰天《ぎょうてん》した声を上げた。

「それだけじゃない。藤岡はお前の能力のことも知っている様子だったぞ」

「えっ！　そうなんですか!?」

どうして、と不思議がる大原に徳永は詳しいことを語らなかった。藤岡が別れしなに告げた言葉を瞬は思い出していた。

『さっき電話をかけてきたのは、もと刑事の大原海だよね？　昔、カジノで荒稼ぎをしていた過去がある』

大原は大学生のときに、暴力団に脅《おど》され、その記憶力を使ってカジノでまさに『荒稼ぎ』をさせられていた時期があった。犯罪者間ではそうした情報が流れていたということなのだろうが、それを藤岡が知っていることまでは大原に伝えなくていいと、徳永は判断したに違いない。

「ああ、だから図面を見る役が俺なんですね。俺なら一瞬でも見ればすべて覚えていられるから。小柳さんが拉致されている可能性のある場所を図面上で捜せと、そういうことか」

幸いなことに大原は、藤岡が自分を知っていた理由については深く考えることなく納得していた。なんとなく安堵《あんど》してしまいながらも瞬は、何の打ち合わせもしていないのにそれだけのことを計画した上で仕込んでいた藤岡と、彼の目論見《もくろみ》を正確に理解し対応する徳永の二人に対し、やはり、凄い、と感心せずにはいられなかった。

それにしてもなぜ藤岡は、匂《にお》わせることをするだけに留めたのだろうと疑問を覚えた瞬に、答えを与えてくれたのは大原だった。

「しかしさすが、徳永さんが一目置くだけありますね、その詐欺師。あくまでも計画したのは自分であって、徳永さんと瞬に迷惑をかけまいという配慮《はいりょ》を感じます」

「刑事が詐欺行為を行うわけにはいかないからな……」

徳永が頷くのを見て、そういうことだったのかと更に感心し、また、聞くまで理解できていなかった自分の至らなさを更に反省する。

「とはいえ、大原にも迷惑をかけたくはない。新垣竜さんにも当然、迷惑をかけるわけにはいかない。なので少しでも抵抗があれば断ってくれてかまわないからな」

大原にそう告げる徳永は、この上なく真摯《しんし》な表情となっていた。

「えっ？　そんな！　やります。やらせてください！」

一方大原は、心底意外そうな表情を浮かべ、徳永に食ってかかった。

「言いましたよね？　俺でできることでもできないことでもやらせてほしいって。俺は徳永さんの、それに瞬の役に立ちたいんです。それに電気工事業者として仲村邸を訪問するだけですよね？　何か聞かれたらバイトをしたと答えるので大丈夫です。さとうきび農園のほうも今一段落ついているので、バイトをするのも不自然じゃないですし」

大丈夫です、と大原はきっぱりと言い切り徳永に対し頷いてみせた。

「……申し訳ない」

徳永の性格からして、既に警察を辞め、新しい生活を始めている大原をここまで巻き込むのは不本意であるに違いない。しかし藤岡の立てた作戦は、仲村邸の造りを知るのに非常に有効だった。割り切れないながらも力を借りることにしたと思われる徳永が、大原に頭を下げる。

「そんな、徳永さん、頭、上げてください」

恐縮する大原に徳永は、

「決して無茶はしないでくれ」

と念を押すことを忘れなかった。

「しませんしません。約束します。俺が下手《へた》に動いたせいで、小柳朋子さんの身に危険が迫るようなことにならないよう、気をつけますので！」

徳永の言葉をそう取ったらしく、大原が胸を張ってみせる。

「お前に迷惑をかけるわけにはいかないと言いたかったんだがな」

しかし徳永の意図は別にあったのだと彼の言葉で知らされた大原は、少し照れてみせていたが、とても嬉しそうだと瞬は微笑《ほほえ》ましく思いつつ、そんな二人を見ていた。

大原はすぐに、藤岡に告げられたという電気工事業者へと向かい、部屋には徳永と瞬の二人が残った。

「少し部屋で休む。お前も身体《からだ》を休めておけ」

徳永はそう言い、隣にとった自分の部屋に戻ろうとした。

「……はい」

正直、今まで気を張り詰めていたので、肉体的にはともかく精神的には疲労を覚えていた。が、身体を横たえたところで疲れが癒《い》える気はしない。大原を働かせておいて自分が休むのも、という気持ちもあって、頷いたものの瞬は、つい、徳永を見つめてしまった。

「……気になって休むどころではないか」

徳永が苦笑し、再び座る。

今、徳永は部屋の椅子《いす》に、瞬はベッドに腰を下ろしていた。

「……すみません」

徳永の顔を見るに、少し疲れているようである。徳永は休みたいかもと今更気づき、瞬

は詫《わ》びたあとに、

「あの、やはり身体を休めます」

と反省した上で、徳永を部屋から出そうとした。

「気にするな。落ち着かないのは俺も一緒だ」

しかし徳永はそう微笑むと、

「何か飲むか」

と言いながら立ち上がり、部屋の冷蔵庫を開いた。が、ミネラルウォーターは先程飲んでしまっていたため、何にするか迷っている様子である。

「あ、ちょっと買ってきます」

確か外に自販機があった。それで瞬はそう言うと、徳永にミネラルウォーターでいいかと問うてから、一人部屋を出たのだった。

廊下《ろうか》を歩いているときに、仲村邸の廊下を思い出すと同時に、あのとき、藤岡が自分に絡んできたのも作戦だったのだろうかと考えた。天井裏にどういう仕掛けをしたかは本人に聞かない限りわからないが、それを見張りの勝沼という男に悟らせまいとし、自分にちょっかいをかけることで彼の目を逸《そ》らそうとしたのかもしれない。

あのとき、自分の取るべき行動はあれが正解だったのだろうか。もしかしたら藤岡のあとにトイレに入り、何か不自然な痕跡がないかを確認する役を振られていたのではないか。

「……そうか……」

だからああして、トイレに行けと勧めてきたのか。気づくと同時に、本当に自分はなんの働きもできていなかったと改めて思い知った瞬は、落ち込んだまま自動販売機でミネラルウォーターのペットボトルを購入し部屋に戻った。

「どうした？」

顔に出てしまっていたのか、徳永が案じて問い掛けてくる。

「いえ……藤岡からのパスを取り逃したことに、今更気づいてしまって……」

ペットボトルを手渡しながら瞬は、仲村邸の廊下で交わした藤岡との会話を説明した。

「それは考えすぎだ。単に藤岡は見張りの目を逸らしたかったのだと俺は思うがな」

徳永は気を遣ってくれたのか、はたまた本当にそう思っているのか、瞬の考えを否定した。

「それに藤岡が他人のフォローをあてにするとは思えないしな」

「……確かに」

言われてみれば、と瞬はようやく徳永が慰めてくれているわけではないと悟り、心から安堵することができた。

「しかし藤岡には大きな借りを作ってしまったな」

徳永が溜め息交じりにそう言い、水を飲む。

「藤岡の目的はなんだったんでしょう？　小柳朋子さんを見捨てられないという人道的なものだったんでしょうか？」

藤岡は詐欺師《さぎし》ではあるが、根っからの悪人ではないのではと、瞬にはどうしてもそう思えてしまうのだった。なので今回の助力の動機が『人道的』なものというのは自分的にはしっくりくるのだが、徳永はどう考えているのか、それが知りたくなり、瞬は彼に問い掛けた。

「人助けの気持ちも勿論《もちろん》あるだろうが、本人が言っていたとおり、リベンジしたかったのかもな。仲村聖に」

「なるほど……」

藤岡の性格を一〇〇％把握《はあく》しているわけではない。だが、リベンジというのは彼らしいと、瞬も納得した。

一方仲村は藤岡を覚えていたのだろうか。それも気になり聞いてみる。

「仲村は藤岡に対してリアクションが薄かったですが、記憶には残っていなかったんでしょうか？」

「覚えていたんじゃないかと思うが、どうだろうな」

徳永もまた首を傾《かし》げたそのとき、彼のスマートフォンが着信に震えたらしく、ポケットから取り出し画面を見た。

「早いな」

ぼそ、と呟《つぶや》いたあとに応対に出る。かけてきたのが上司の捜査一課長であることは、話の内容から瞬にもすぐ知れることとなった。

「……そうですか……わかりました。いたしかたないですね」

通話は短く、徳永はすぐに電話を切ると、身構えていた瞬へと視線を向け、電話の内容を教えてくれた。

「予想以上に早かった。沖縄県警と警視庁上層部から、厳重注意があったそうだ」

「えっ？　もうですか？」

まだ一時間くらいしか経っていないというのに、と愕然《がくぜん》とする瞬の前で、徳永もまた嘆《たん》息《そく》し、言葉を続ける。

「とにかく戻るようにという指示が下った。休暇中のことだからと課長も随分《ずいぶん》頑張ってくれたようだが、指示に従わない場合は懲戒《ちょうかい》処分を下す可能性があると、脅《おど》してきたそうだ」

「懲戒……」

どのような処分なのだろう。青ざめる瞬を真っ直ぐに見据えると徳永は、

「お前は東京に帰れ」

と、瞬にとっては到底従えない命令をして寄越した。

「徳永さんが残るのなら俺も残ります！」

正直、懲戒処分と聞いて戦《おのの》きはした。だが、だからといって一人で東京に帰りたいという希望は一ミリも抱いていなかった。仲村とコンタクトはとれたが、朋子の行方《ゆくえ》は依然として摑《つか》めていない。彼女の無事を確認し、拉致《らち》されているのであれば救出するという目的がまったく達成できていない状況下、帰れるはずがない、と瞬は徳永に訴えたが、徳永の意志は固かった。

「共倒れになるわけにはいかない。それにお前には東京でやってもらいたいことがある」

「なんでしょう。沖縄ではできないことですか？」

普段の瞬であればこのように徳永の命令を問い質《ただ》すことなどできようはずもなかった。が、徳永が自分を思いやるあまり、適当なことを言っているのではとどうしても疑ってしまい、それでつい、食ってかかってしまったのだった。

「落ち着いて聞け」

徳永に苦笑され、自分の態度がいかに失礼なものであったかに今更気づき、慌てて詫《わ》びる。

「す、すみません……っ」

「いいから聞け」

徳永は瞬の謝罪を軽く流すと、『東京でやってもらいたいこと』について説明を始めた。

「勝沼というボディガードについて、調べてきてほしい。勝沼は何者かによって仲村聖のもとに送り込まれた可能性が高い。まずは勝沼に前科がないか、逮捕歴を調べてほしい。同時にミトモさんにも依頼を入れておくから、彼からも情報が得られ次第、俺に連絡を入れてくれ」

「……わかりました……」

逮捕歴など、調べるには確かに警視庁に向かう必要がある。それでもこの指示は明らかに自分を守るためのものだと、瞬は唇を噛《か》んだ。

「勝沼は名前を変えているかもしれない。写真で判断するんだ。お前ならできるだろう？」

そんな瞬の気持ちなどお見通しとばかりに、徳永がそう言い、瞬の肩を叩く。

「……はい。必ず身元を突き止めてみせます」

人の顔を一度でも見れば忘れないという特殊能力を活《い》かしてこい。敢《あ》えてそれを告げてくれた徳永に対し、瞬は申し訳なさとそして感謝の念を抱きつつ、与えられた使命を一刻も早く果たしてみせると、力強く返事をしたのだった。

瞬と徳永はすぐにホテルをチェックアウトし、徳永の運転する車で空港へと向かった。

徳永は暫《しばら》くの間『行方不明』になると言い、瞬にプライベートのスマートフォンの番号とアドレスを教えてくれた。

「職場の端末は電源を落としておくつもりだ。連絡はそっちに頼む」

ホテルも変更すると告げる徳永の今後を案じずにはいられなかったが、自分にできることをまずするのだと気持ちを切り換えると瞬は、

「すぐ、連絡入れられるようにしますので」

と徳永に告げ、滞在時間はほんの数時間となった沖縄をあとにしたのだった。

離陸までの間に瞬は服を着替え、スーツ姿となっていた。飛行機が羽田《はねだ》に到着するとその足で彼は職場へと向かい、前科のある人間のデータベースにアクセスすると勝沼の名を探した。

名前は検索にヒットしなかったので、次は顔写真を見ていくことにする。

確か勝沼は五年前から仲村の秘書を務めているとのことだった。なので出所が五年より

前、かつ、あの風体《ふうてい》から罪状は傷害か殺人ではないかと当たりをつけ、現在三十代から五十代の年齢の男性を抽出し、写真を順番に見始めた。

顔を確認するだけなので一枚につき、さほど時間はかからない。それでも膨大《ぼうだい》な量ではあるので、三時間ほど画面を見っぱなしだった瞬は眼精疲労《がんせいひろう》を覚え、一旦休憩のために中断し、目頭《めがしら》を親指と人差し指で押さえた。

勝沼に前科があれば、彼の身元がわかると考えていたが、もしや空振《からぶ》りに終わるだろうか。不安が込み上げてくるが、信じて進むだけだと自分を鼓舞する。勝沼という男は瞬の目から見ても、まっとうな人間とは思えなかった。前科はともかく、暴力団関係者に違いないという確信はある。

以前、現在の暴力団構成員の写真をチェックしたことがあったが、その中に勝沼はいなかったと断言できる、と瞬は一人頷《うなず》いた。

『沖縄の聖人』のボディガードが暴力団組員というのでは都合が悪かろう。なので現在は表向きはどの組織にも属していないという扱いなのではないか。

よし、と瞬は気力を奮《ふる》い起こすと、再び犯罪者のリストに戻り、写真を眺め始めた。

「あった！」

ようやく、現在よりも随分と若い勝沼の写真を見つけたとき、瞬は思わず歓喜の声を上げてしまった。

部屋中に響き渡るほどの大声だったので、一人のときでよかった、と首を竦《すく》めつつ、詳細を読み込んでいく。

『沼田満彦《ぬまたみつひこ》』というのが、勝沼の本名らしかった。傷害罪で三回逮捕され、三回目に二年間服役している。

自分のスマートフォンに収めるため画面を写真に撮ると瞬は、聞いたばかりの徳永のプライベートのアドレスに『見つけました』とだけコメントし、それを送った。

徳永からはすぐに電話がかかってきた。

『よくやった。ミトモさんに連絡を入れたので、これからすぐ向かってもらえるか？』

時計の針は既に深夜を回っている。が、情報屋『ミトモ』の店は普通に深夜営業をしているので訪れるのに問題はなかった。

「わかりました。すぐ行きます」

『頼んだぞ』

通話は短かったが、徳永はそのあとで、大原からの報告の詳細をメールで送ってくれ、タクシーの中で瞬はそれを読んだ。

藤岡のたくらみは無事に成功し、仲村邸に原因不明の停電が起こったとのことで、電気工事業者が呼ばれ、大原は本物の業者に交じって無事、仲村邸に潜入することができた。故障箇所《かしょ》を確かめるため、邸内の図面も無事に見ることができた。時間は短かったものの、目に入ったものを一瞬で記憶できるという大原の能力は遺憾《いかん》なく発揮され、かなり広めの地下室があることが判明したという。

地下に通じる階段は敢えてとしか思えないほど目立たないような造りとなっており、図面を見なければ地下室の存在には気づかなかったと、大原は告げていたという話だった。大原が再現した図面もまた、徳永は送ってくれた。瞬が見た『非常口』と表示のついた扉がてっきり地下室の入口かと思ったのだが、それは中庭に通じる扉であり、地下室への階段は勝手口の近く、キッチンの奥にあたかも倉庫の扉のような感じで作られているということだった。

配電盤が勝手口近くにあったので、図面を見たあとだった大原は、地下へと通じる扉を開けてみようかと考えたとのことだが、勝沼が終始見張っていたのでできなかったと残念がっていたという。

電気が通じているかどうか、すべての部屋を一通り確認することはできたが、怪しげな部屋は一つもなかったとのことだった。となると、もし、朋子が仲村邸に拉致《らち》されている場合、場所は地下室ではないかと瞬は考えつつ、タクシーが目的地である新宿二丁目《しんじゆくにちようめ》に到着するのを待った。

徳永が懇意《こんい》にしている情報屋はミトモという名で、新宿二丁目のゲイバー『three friends』という店の店主だった。瞬も何度も訪れたことがある店であるので、行くことに躊躇《ためら》いはなかったのだが、訪れるときはいつも閑古鳥《かんこどり》が鳴いている店内が混雑していることには戸惑いを覚え、入口近くで暫《しば》し立ち尽くしてしまった。

ゲイバーであるので、客層は当然男性ばかりである。カップルで来ている客もいたが、一人もいる。そうした人は出会いを求めて来店しているのだということを、瞬は己に集まる視線から改めて認識することとなった。

一人、スツールを下りて近づいてこようとする客もいる。どうしよう、上手《うま》く誤魔化《ごまか》せるだろうかと緊張していたところに、タイミングよく助け船を出してくれたのは店主のミトモだった。

「ちょっとあんた、何やってるのよ。バイトの面接だったら、裏口回りなさい。奥で閉店まで待ってるのよ」

ミトモはエキゾチックな顔立ちの美人なのだが、馴染《なじ》みの客いわく、それは類稀《たぐいまれ》なるメイクテクのおかげらしい。年齢不詳とのことだが、新宿界隈《かいわい》で彼が知らないことはない『ヌシ』ということからもわかるように、瞬よりは随分《ずいぶん》と年上のようだった。目ざとく瞬

が困っているのを見つけてくれた彼に怒鳴りつけられ、瞬は慌てて、

「すみませんでした！」

と頭を下げ、店を飛び出した。

「バイト雇うの？」

「可愛《かわい》いじゃん」

という声を背に、さて勝手口はと裏に回ってみると、そこには新宿西署の刑事にして、外見はヤのつく自由業にしか見えないラテン系の美男子、高円寺久茂《こうえんじひさも》がドアを背に煙草《たばこ》を吸っていた。

「おう、瞬、お前、沖縄からとんぼ返りしてきたんだって？　お疲れだったな」

もしや待っていてくれたのだろうか。頭を下げようとした瞬の、その頭をぽんと叩くと高円寺は、

「ミトモが中じゃ吸わせてくれねえんだよ」

と煙草を携帯用灰皿で消してから、勝手口のドアを開く。待っていたわけではないと、さりげなく伝えてくれているのだが、絶対に待っていてくれたに違いないと、瞬は、

「すみませんでした」

とやはり頭を下げ、高円寺からまた、ぽんとその頭を叩かれてしまった。

入ってすぐのところにある狭い階段を高円寺に続いて登る。生活感のあるダイニングのテーブルには、フリーのルポライター、藤原龍門《ふじわらりゅうもん》が座っており、スマートフォンを操作していた。

「やあ、瞬君、お疲れ。沖縄行ってきたんだって？　ミトモさんと、あと徳永さんからも今さっきメールがきたよ」

笑顔を向けてくれた藤原に瞬は「とんぼ返りでした」と返したあと、もしや今、徳永に返信をしていたのかと手元のスマートフォンをつい見やった。

「徳永さん宛《あて》じゃないんだ。ちょっと今夜は遅くなるという連絡で……」

「龍門は完璧《かんぺき》、尻に敷かれてるからな。連絡入れないと煩《うるさ》いのよ」

高円寺が茶々《ちゃちゃ》を入れるのに対し、藤原は、

「高円寺さんこそ、マメに連絡したほうがいいと思いますよ」

と照れることもなく言い返している。互いにパートナーのことを熟知しているみたいだなと瞬が見守っているところに、階段を駆け上ってくる音がし、息を切らせたミトモが姿を現した。

「まったく、こんな日に限って賑《にぎ》わうとか。冗談じゃないわよね」

水、ちょうだい、とミトモが言うのに、藤原がすぐに冷蔵庫へと走る。

「嬉しい悲鳴じゃねえか」

揶揄《やゆ》する高円寺に、

「安酒で粘るあんたたちとは違うしね」

とミトモは言い返すと、藤原が渡してくれたペットボトルのミネラルウォーターを一気に飲み干した。

「ああ、生き返る」

「それより、沼田だっけか。どうなんだ？　どこの組の人間か、わかったか？」

「アタシを誰だと思ってんのよ。警視庁のデータベースより確かなんだから」

胸を張ったミトモだったが、さすが、と感心する瞬を見て恥ずかしくなったのか、

「警視庁は言い過ぎだったかしら」

と少しバツの悪そうな顔になった。

「いえ、そんな」

「坊主《ぼうず》も凄《すご》いよな。写真だけで沼田を見つけ出すんだから」

高円寺に褒《ほ》められ、そんな、と瞬は慌てて首を横に振ったが、

「謙遜《けんそん》する暇あったら話、聞いてくれる？」

とミトモに言われ、開きかけた口を閉じた。

「ミトモ、若者を苛《いじ》めるな」

「そうですよ。いくら忙しくてイライラしているからといって」

　すかさず高円寺と藤原が味方についてくれた――というよりは、ミトモをからかっているのだと瞬にはよくわかっていた――のだが、そんな二人をミトモはじろりと睨《にら》み付けただけで無視すると、瞬へと視線を向け話し出した。

「沼田はもともと黒龍会《こくりゅうかい》の幹部候補だったのよ。傷害罪は対抗組織の幹部を襲撃して大怪我《おおけが》を負わせたことだったはず。出所後は幹部になると見込まれていたけど、除籍通知が出回ってちょっとした騒ぎになったわ。六、七年前のことね」

「五年前から仲村聖の秘書をやっているということでした」

　瞬の言葉にミトモが肩を竦《すく》める。

「ヤクザから足を洗って聖人のもとに向かった……ってわけでもなさそうなのよね」

「そのココロは？」

　すかさず高円寺がいつもの調子で問い掛ける。付き合いが長いことを感じさせる息の合ったやり取りを前に、瞬もまたミトモに注目し、彼の言葉を待った。

「除籍通知はフェイクで、未だに黒龍会と繋《つな》がってるんじゃないかと思われるのよね。ちなみに黒龍会は、小柳朋子さんが愛人をさせられていた才賀《さいが》のいた鹿沼組の上位団体よ」

「なるほど。ってことはミトモの読みでは、仲村聖のバックにいるのは黒龍会ってことだな？」

確認を取る高円寺にミトモは「まあね」と頷《うなず》いた。

「黒龍会がどの政治家とツルんでいるかまで調べるにはもうちょっと時間が必要だわ。引き続き調査を続けるってことで、アタシはもう店に戻らせてもらうわよ。ここは自由に使ってちょうだい。出てくときも特に声をかけなくていいからね」

それじゃ、とミトモはいつの間にか飲み干していた空《から》のペットボトルを瞬に向かって投げて寄越し、瞬は慌ててそれを受け取った。

「あ、ありがとうございました！」

礼を聞くより前に回れ右して出ていってしまったミトモの背を見送っていた瞬だったが、高円寺に肩を叩かれ、はっとして彼へと視線を向けた。

「黒龍会については俺が探るから、瞬は手を出すなよ？　刑事の一人や二人、闇に葬《ほうむ》るなんてお手の物っていうヤバイ団体だからな」

「……っ……はい……」

高円寺の口調は軽かったが、眼差《まなざ》しはこの上なく真剣だった。息を呑《の》んだ瞬の肩を、今度は藤原がぽんと叩く。

「黒龍会は高円寺さんに任せるとして、我々は明日、小柳さんが接触したと思われる四十年前の事件の関係者に話を聞きに行くことにしよう」

「えっ⁉　わかったんですか⁉」

驚きの声を上げた瞬に、藤原がニッと笑ってみせる。

「ルポライターとしては俺のほうが彼女よりキャリアがあるからね」

「あ……すみません……っ」

要はまだルポライターとしては駆け出しの朋子が取材相手を見つけることができたのなら、自分にできないはずがないと、そういうことだろうと気づいた瞬は、失礼すぎたと今更察し慌てて頭を下げた。

「龍門も若さに嫉妬《しっと》しちゃってるのか？」

すかさず高円寺が揶揄してくるのに、藤原が、

「ちょっと嫌みでしたかね」

と頭を掻《か》く。

「いえ、そんな！」

嫌みにはまったく感じなかった、と首を横に振る瞬を見て高円寺は、

「可愛《かわい》らしさにも嫉妬すんなよ」

と尚も揶揄したあとに「さてと」と立ち上がった。

「そういったわけで今日は解散だ。瞬は龍門と明日の打ち合わせをしたら、帰ってゆっくり休め。焦ったところで夜中に何かできるわけでもないからよ」

「……ありがとうございます。そうします」

朋子の無事が確認されていない今、焦る気持ちはある。しかし焦ったところで状況は何も改善されない。改善どころか、下手《へた》に動いたら即座に徳永や皆の足を引っ張りかねない。悔《くや》しくはあるがそれが現実なのだ、と瞬は唇を噛《か》みたくなる気持ちを堪え、頷いた。早く先輩たちに追いつきたい。それには何が必要なのだろう。経験と努力。そして向学心。できることはなんでもやっていこうと心を決める。

「それじゃあまた連絡するわ」

部屋を出ていく高円寺を瞬は「ありがとうございました！」と見送り、藤原と向かい合う。明日こそ朋子の足跡を辿《たど》る手がかりを必ず見つけてみせるという決意が顔に表れていたのか、藤原は、大丈夫だというように微笑《ほほえ》み頷いてくれ、この上ない心強さを瞬に感じさせてくれたのだった。

# 5

藤原と待ち合わせの場所と時間を決めたあと瞬は帰宅したのだが、事前に連絡を入れていなかったこともあって、当然沖縄にいると思われた瞬が帰宅したことをまず、佐生《さそう》に驚かれた。

「ど、どうしたの？」

「ごめん。色々事情があって……」

沖縄行きについて瞬は佐生に対し、勿論詳しい話はしていなかったが、休暇扱いではあるものの、目的があって沖縄に行くのだということは説明してあった。

「徳永さんは？」

「まだ沖縄にいる」

「そうなんだ？　にしても瞬、すごい疲れた顔してる。風呂、入るか？　メシは？」

佐生は瞬の幼馴染《おさななじ》みの親友で、今は私大の医学部に通いながら、子供の頃からの夢だったというミステリー作家を目指して頑張っている。父親は有名な政治家だったが、佐生が子供の頃に母親共々亡くなり、佐生は大病院の院長をしている叔父《おじ》のもとに引き取られた。叔父は佐生を自分の病院の跡継ぎにしたいと考え、小説家になりたいという彼の夢を否定した。それで家を飛び出した佐生は、父親の駐在で実家で一人暮らしをすることになった瞬のもとに転がり込んできて、寝食を共にする仲になったのだった。

その後、叔父との関係は改善し、今は叔父も佐生の夢を応援してくれている。なので叔父の家に戻ってもいいようなものだが、瞬との生活が余程心地よいのか、それともミステリー作家として瞬の刑事という職業に興味があるのか、戻る気配はまるでない。佐生は瞬から聞いた実際の事件についての話を絶対に小説のネタにはしないと明言しており、彼への信頼感から瞬は、求められるままに事件について、話すことがよくあった。

しかし今回はまだ朋子の無事が確認されていないので、何も話すまいと決めていた瞬の気持ちを、語るより前に佐生は察してくれたようだった。

「今日叔母さんが来てさ、俺の好物だからって鰻《うなぎ》を差し入れてくれたんだ。メシがまだだったら鰻、食べない？　天然物らしいよ」

普段であれば、根掘り葉掘り聞いてくるのに、特殊な事情があると思っているのか何も問うてくることはない。そんな佐生の気遣いをありがたく感じると同時に瞬は、夕食をとりそこねていたことに今更気づき、空腹を覚えた。とはいえもう午前三時を回る時間だというのに、これから夕食というのはどうなんだと思いつつも、一度意識してしまうと空腹には耐えがたさを覚えたので、佐生の勧めに従うことにした。

「荒川で鰻が捕れるって知ってた？　しかも天然だって」

「え」

佐生の話につい声を上げてしまったのは、今日の今日、その話題を余所《よそ》で聞いたばかりだったからだ。

「びっくりするよな。俺も知らなかった。東京で鰻が捕れるなんて。あれ？　千葉だったっけな」

瞬の驚きを佐生は知らなかったがゆえと判断したようで、笑顔で言葉を続けながら冷蔵庫から取り出した鰻を温め、瞬のために鰻丼を作ってくれた。

「すごい。肉厚だし、身がふわふわで美味《おい》しいな」

「だろ？　お高いらしいぞ」

空腹が満たされると同時に、佐生とのなんということのないお喋《しゃべ》りで、張り詰めていた気持ちが一気に緩《ゆる》んでいくのを、瞬は感じていた。ほぼ一気に近い感じで食べ終え、佐生が淹《い》れてくれた茶を啜《すす》っているとき、ようやく土産《みやげ》の一つも買ってこなかったことに気づき、慌てて詫《わ》びる。

「ごめん、とんぼ返りだったもので、沖縄のお土産買ってくるの忘れた」

「何言ってるんだよ。ちんすこうとか期待してないって。サーターアンダギーも、ああ、あとソーキそばも。ええと、あとはなんだ?」

わざとそんなふうにふざけてくれる佐生の優しさに感謝しつつ、瞬は、

「今度銀座《ぎんざ》の沖縄ショップで買ってくるから許してくれよ」

と彼もまた大仰《おおぎょう》に詫びてみせた。

「許す。てか、沖縄料理がメインの居酒屋見つけたんだ。今度行ってみよう」

「いいね」

片付けをしながら会話を続けていた瞬だが、こんな夜中まで起きている佐生が今更ながら心配になった。

「執筆のほう、大変なのか?」

「え? 今?」

今回、佐生は素でびっくりしたようで、目を見開いたあとに苦笑する。

「瞬、よっぽど余裕ないんだな。ほんと、大丈夫か?」

「ごめん」

確かに余裕の欠片《かけら》もない。佐生がこうも気遣ってくれているというのに、自分は彼を気遣うことができていないと猛省する。

「謝るようなことじゃないよ。俺のほうは相変わらず。担当の嘉納《かのう》さんの駄目出しは続くし、エゴサしたら酷評《こくひょう》見つけちゃったし」

やれやれ、というように溜め息を漏《も》らし、肩を竦《すく》める佐生を改めて見ると相当落ち込んでいるようである。それに今気づくとは、と更に反省を深めつつ瞬は、せめて、と、

「元気だせよ」

と佐生の肩を叩いた。

「ネットの酷評なんて気にするな。顔も見えない相手なんだから」

「まあそうなんだけどさ。言われていることが結構的《まと》を射《い》ているのがまた、悔《くや》しいというかなんというか。エゴサなんてしなきゃよかったよ」

「人の感じ方なんてそれぞれだから、面白いと思う人もいればそうじゃない人もいるのは当然だし。面白いと思う人間が多かったから、次の仕事に繋《つな》がったと考えるといいんじゃないかな」

「さすが瞬。その慰めはぐっときた」

ふざけた様子をしていたが、佐生は心底嬉しそうだった。元気になってくれたのならよ

かったと瞬は密かに安堵《あんど》しつつ、

「実際そうだと思うよ」

と、頷《うなず》いてみせた。

「嘉納さんに愚痴《ぐち》ったら、エゴサはするなと怒られちゃったよ」

「ネットは怖いよな。匿名《とくめい》をいいことに、誹謗中傷《ひぼうちゅうしょう》するような輩《やから》もいるし」

「裁判にもなってるよね。余程周到にしているならともかく、普通は書き込んだ人間を特定できるから、正確には『匿名』じゃないんだけど、その辺、わかってない人も多そうだ」

「え？　この人が？　という、日常生活では温和と思われている人がネット上では誹謗中傷を繰り返してたとか、あったな、そういや」

ニュースで見た気がすると思い出していた瞬の前で佐生が溜め息を漏らす。

「一度ネットに書き込んだものは、完全に消去できないっていうことも改めて考えると怖いよな」

「確かに……」

SNSの書き込みを本人が削除したとしても、他の誰かが保存していないとも限らない。

それで身の破滅を迎えた著名人もいたような、と、瞬は思考を巡らせた。

「ネットがない時代は平和だったんじゃないかなあ。誹謗や中傷をするのに手間がかかっただろうし」

「手紙とかだもんな。書くのめんどくさい……というのは今の感覚か」

「剃刀《かみそり》入りの手紙が送られてくるとか？　時代を感じるな」

「剃刀の購入記録から送った人間を特定できそう」

「そういう警察の捜査もアナログの頃は大変だったんだろうな。あ、そうだ。今度、ネットがない時代のミステリーを書こうかな」

色々楽そうだ、と佐生が笑う。

「鉄道ミステリーとか、今は乗り換え案内使ってすぐ解決しちゃいそうだけど、時刻表を読み込んでルートを探してた頃はそれが醍醐味《だいごみ》だったしね」

「確かにそうかも」

捜査する側からしたら、インターネットの普及をはじめとする科学の進歩には随分《ずいぶん》と助けられているのだが、と思いつつ頷いた瞬に、佐生が言葉を続ける。

「犯罪者にとっても、昔はよかったよね。今は検索されたらすぐ、過去に自分が犯した罪が明らかになるけど、昔はそれこそ、当時の新聞をいちいち捜されでもしないかぎりはバレなかっただろうし」

「…………うん」

その発言を聞いたとき、瞬の頭に浮かんだのは、今日会った仲村聖の顔だった。

四十年前、彼は殺人の罪を犯した可能性があるという。もし四十年前も今のようにインターネットが普及していたら、その頃の情報を容易に入手できた。当時も彼が少しでも疑われていたら、匿名掲示板にその情報が書き込まれ、いつまでも――それこそ四十年が経った今でも残っていたかもしれない。

それまでの人生を捨て、新たな人生を生きる。四十年前にはきっとそれができたのだ。今は不可能に近いだろうけれども。いつしかぼんやりとそんなことを考えていた瞬は、佐生に呼びかけられ、はっと我に返った。

「瞬、聞いてる？　もう眠いんじゃない？」

「あ、ごめん。ぼんやりしてしまった」

「風呂入って寝るといいよ。明日はゆっくりできるのか？」

佐生が心配そうに瞬の顔を覗《のぞ》き込む。

「うん。昼前に新宿に行けばいいから……あ、でも」

と瞬は、今、思いついたことを実行しようとそれを告げた。

「午前中、図書館に昔の新聞見に行ってくる」

「お、アナログ捜査だね。手伝おうか？」

興味津々《しんしん》といった表情を浮かべる佐生に、

「お前も忙しいんだろ？」

と自身の状況を思い出させてやる。

「……うう。明日は大学にも行かないといけないんだよなあ」

やれやれ、と溜め息を漏らす佐生に瞬は、

「何時に出るんだ？」

と問い掛けた。

「八時」

「ならお前が先に風呂に入れよ」

「俺はもうちょっと書いてからにする。瞬、先に休んでくれていいよ」

佐生はそう言うと、閉じていたノートパソコンを開いた。

「ああ、悪い。邪魔してたんだな」

これもまた今更だと思いつつ詫びた瞬に佐生が、

「いい気分転換になったよ」

と笑い返す。きっと気遣いだろうとは思うが、それを指摘すればより気を遣われるとわかっているため、敢《あ》えて瞬は「それはよかった」と微笑《ほほえ》むと、風呂の湯を張るために浴室へと向かったのだった。

翌朝、眠そうな佐生と朝食をともにとったあと、彼と一緒に家を出た瞬は、前夜の決意どおり図書館へと向かった。

捜している新聞の記事は勿論《もちろん》、四十年前の殺人事件についてだった。だいたいの時期はわかっていたので、それぞれの新聞社の当時のものを棚《たな》から取り出し、閲覧《えつらん》スペースで開く。

分厚い本状になっている新聞は縮小されているので読みにくくはあったが、写真は結構綺麗《きれい》な状態で掲載されていた。

事件の翌日の新聞に詳細が記されていたが、犯人については触れられていなかった。首都圏版ではかなり大きく取り上げられていて、被害者の顔写真を見ることができた。

梶原悟《かじわらさとる》という名前で、いかにも町工場の経営者といった武骨な印象がある初老の男だった。記事を読むと、押し入った強盗と鉢合《はちあ》わせとなった結果殺され、工場には火が放たれたとあったが、内部外部どちらの者の犯行であるかといったことは何も書かれていなかった。

その後、何度か事件の記事は掲載されていたが捜査の進捗《しんちょく》はほぼなく、一年後までぺージを捲《めく》ったが事件の記事を見つけることはできなかった。

他の二社の縮小版もほぼ同じではあったが、一社だけ『内部の人間の犯行の可能性がある』と書かれていた。捜査関係者からの情報とあったが、その後の記事には内部、外部、どちらとももう書かれていなかった。リークだったのかそれとも当てずっぽうだったのか。判明することはないだろうなと思いつつ、瞬は縮小版を閉じた。

記事は許可を得てコピーをとった。かなりの枚数になった上に、あまり参考になるものはなさそうだったが、今日の訪問に一応持っていくことにする。

藤原とは昼前に新宿で待ち合わせをしていた。今日は刑事とは名乗らず、藤原のアシスタントという体《てい》で話を聞くことになっている。四十年前、経営者が殺された町工場で働いていた男ということだった。年齢は七十歳で、ボランティアで街の清掃《せいそう》をしているという。

駅で待ち合わせた藤原と合流し、相手が指定した地下にあるレトロな雰囲気《ふんいき》の喫茶店へと向かう間、藤原に昔の新聞を読んできた旨《むね》を伝えると、予想どおりといおうか、既に彼は各社のものを集めていただけでなく、当時の週刊誌の記事もあるのであとで見せてあげるよと告げてきて、さすが、と瞬を感心させた。

「これから会うのは木下《きのした》さんという人なんだけど、彼から小柳朋子さんについて聞かれた場合、俺は相当適当なことを言うと思うから、反応しないようにね」

「わ、わかりました」

足手まといにならないよう気をつける、と気を引き締め、瞬は藤原に続き喫茶店の中へと入った。

「木下さんですね？　藤原です」

広い店内は空《す》いていて、七十代と思われる男性は一人しかいなかった。迷うことなくその男へと向かうと藤原は笑顔で挨拶《あいさつ》をし頭を下げた。

「やあ、どうも」

木下は随分《ずいぶん》と日に焼けた、見るからに健康そうな老人だった。にこにこと笑っているその顔はいかにも人のよさそうな感じがする、と瞬もまた頭を下げながら密かに観察する。

「助手の小林《こばやし》瞬一《しゆんいち》です」

藤原に紹介された名は偽名だった。

「よろしくお願いします」

「やあ、こんにちは。木下です」

笑顔で挨拶をしてくれる木下に瞬もまた笑顔で頭を下げる。ウエイターにコーヒーを注文すると藤原は、「早速ですが」と話を切り出した。

「はいはい。四十年前の事件についてですよね。ついこの間、若い女性のルポライターにも話したばかりなんですが、今になって話題になるなんて、なんかあるんですかねえ？」

　不思議そうにしながらも木下は、

「ええと何から話しましょうかね」

　と藤原に問いかけた。

「事件があった梶原製作所について、事件前後の様子を教えてもらえますか？」

　録音の許可を得てから藤原は手帳を開き、メモをとりながら木下に問いを重ねていった。

「家族経営に毛が生えたようなところでしたからね、梶原社長と彼の妻と弟、それに私が社員で、他に見習いが二人、働いていました。作っていたのはネジでしてね、十年目の私がようやく機械を触らせてもらえるようになったところだった。コツがいったんですよ。社員になるのは機械を使えるようになってからって感じで、それまでは給料は安いし重労働で身体《からだ》はキツいし、なかなか大変でした。でもまあ、社長の人柄がよかったのと、あとは住み込みで食事や洗濯《せんたく》の世話を奥さんや娘さんたちがしてくれたのが大きかったですかねえ。それこそ大家族という感じで連帯感があったというか」

　懐かしそうに語る木下の顔には笑みが浮かんでいたのだが、藤原が次に問い掛けた言葉を聞き、彼の表情は曇ることとなった。

「しかし社長を殺害したのは、その見習いの一人だったと報道されていますね」

「……未だに信じられないんですよね。とはいえ、その後行方《ゆくえ》不明になっているんで犯人は彼なんでしょうが……」

「『信じられない』というのはその人物の人柄からですか？　家族ぐるみの会社だったというその関係性から？」

「両方です。甲斐清司《かいきよし》という名前で、皆からキヨシキヨシと呼ばれてました。中学を卒業したあと集団就職で上京してきたはいいが、最初の職場が倒産して、新宿でホームレスになってたのを社長が偶然見つけ、こんな子供が可哀想《かわいそう》だと面倒みるようになったんです。最初のうちは大人しいというより陰気で何も喋《しゃべ》らず黙々と掃除《そうじ》とかをしていたんですが、数年経つとすっかり打ち解けて冗談なんかも言うようになってました。もう一人の見習いとも仲が良くてね。どっちが最初に機械を扱えるようになるか、競争しよう、なんて言いながら二人して頑張ってたんですが、そっちの子の妹の心臓に疾患《しっかん》があることがわかって、手術が必要だが莫大《ばくだい》な金がかかるというんで、工場を辞めたんです。もっと実入りのいい仕事をするといってね。社長も気の毒がってはいたんですが、とても出してやれるような金額じゃなかったもので、頑張れ、と送り出すことしかできなかったんですよ。それでも退職金は随分色をつけてあげてましたよ」

「その人はなんという名前ですか？」

藤原に問われ、木下は「ええと、なんだっけな」と思い出す素振りとなる。

「いやあ、キヨシのことはあのあと警察からよく聞かれたのでフルネームがすぐ出てきたんですが、事件は彼が辞めて一年くらい経ったあとのことだったんでね。ああ、そうそう。金原《きんばら》だ。金原圭介《けいすけ》。ケースケと呼ばれてましたよ。今頃何してるんだろうなあ。妹さんは手術できたんだろうか。できているといいんだがねえ」

しみじみといった感じで話していた木下に藤原が問い掛ける。

「事件の日のことを教えてもらえますか？」

「それが、事件のとき、私は東京にいなかったんです。叔父《おじ》が亡くなったので地元に帰ってたんです。奥さんと娘さんは旅行に行っていて、社長の弟も同窓会か何かで留守で。その夜は社長とキヨシしかいなかったんです」

「なるほど。だからこそ彼は犯行にその日を選んだのかもしれませんね」

「……うーん、そうなんだろうけどねえ……」

ここで木下が言い淀《よど》むような素振りをし、うーん、と唸《うな》ってみせた。

「違和感がある……とかですか？」

藤原の問いに木下は、

「未だに信じられなくてねえ」

と首を横に振る。

「あのキヨシが金を盗むというのも信じられないし、百歩譲《ゆず》って盗んだとしても、鉢合《はちあ》わせた社長を殺して工場に火をつけたというのもどうもねえ。とはいえ逃げていくキヨシが目撃されたというし、ヤミ金に金を借りていたということもあとからわかったっていうし、私の知らないところで金に困ってたんだろうねえ」

「当時、警察はキヨシ以外の線では捜査を行っていなかったんでしょうか？　たとえば外部の人間や行きずりの犯行といった可能性を考えていたかどうかなんですが」

藤原の問いに木下は、

「なかったと思いますよ」

と思い出す素振りをしつつそう答えた。

「単独犯と思われていましたか？　仲間がいたようなことは？」

「キヨシは親もきょうだいもいませんでしたし、工場の外には知り合いもそういなかったようですからねえ」

「でもヤミ金に借金はあったんですよね？　悪い仲間がいたようなことは？」

藤原の突っ込んだ問いを受け、木下はまたも考えているようだったが、やがて、

「そんな様子はなかったんじゃないかと思いますが、何せ四十年も前のことなんで、覚え

てないだけかもしれません」

と自信なさげに答えたあと「すみませんねえ」と詫《わ》びて寄越した。

「いえ、そんな。こちらこそ昔の話だというのにあれこれすみませんね」

藤原が慌ててフォローめいたことを告げたあとに、質問を再開する。

「工場を辞めたケースケでしたっけ。彼とキヨシは仲が良かったんですよね？」

「ええ。年も近かったし、ケースケが物怖《ものお》じしない明るい子でね。最初のうちはキヨシは黙《だん》まりでケースケが一方的に話しかけていましたけど、そのうちにキヨシも喋るようになって。よく二人でじゃれてました。ケースケが辞めたときにはキヨシは酷《ひど》く落ち込んでましたよ」

「ケースケはそのとき、東京にはいなかったんですか？」

「ケースケは辞めたあとすぐに横浜《よこはま》に行って、その後は音信不通でしたねえ。よほど忙しくしているんだろうかと、時々皆で話したりしていたんですが……あ、もしかして」

と、ここで木下が何か気づいたらしく、眉《まゆ》を顰《ひそ》め藤原を見やった。

「ケースケが共犯だったんじゃないかと、それを疑ってるんですかね？」

「疑うというほどでは。先程のお話では大金が必要だということだったので」

少し思いついただけなんです、と藤原が頭を掻《か》く。

「その人のお人柄も知らないのに、すみません」

「いやあ、人柄でいえば、ケースケのほうがまだ可能性があったかもしれないなあ。あくまでもキヨシと比べてということですけどね」

木下はそう言いはしたが、すぐ、

「でもまあ、ないだろうなあ」

と首を横に振った。

「当時もケースケについて、警察から聞かれることもなかったし、私自身、ケースケが犯人なんじゃないかと疑ったことは今の今まで一度もありませんでしたから」

「そうですか」

「キヨシがやったということも信じられませんでしたねえ。とはいえやってないなら逃げることもなかったでしょうし……社長が亡くなったあと、社業の継続は難しいということになって、私は運良く知り合いに声をかけてもらえて転職しました。社長の弟や奥さんともそのまま疎遠《そえん》になってしまいました。奥さんはお嬢さんと長野の実家に身を寄せたんじゃなかったかな。お元気でいるといいですけどねえ」

懐かしげな顔になった木下は、

「ああ、そうだ」

と何か思い出したらしく、ポケットを探り始めた。

「この間、話を聞きに来た綺麗《きれい》なお嬢さんに、当時の写真があったら見せてほしいと言われたので、色々探してみたんですよ。四十年も前の写真なんてあるわけないと思ってたんですが、ウチのに聞いてみたら、あちこちひっくり返して見つけ出してくれたんですよ。物持ちがいいというかなんというか、いや、驚きました」

「写真!!」

思わず声を漏《も》らしてしまった瞬は、慌てて口を押さえ頭を下げた。

「す、すみません。その……」

「はは、若者には四十年前の写真が相当珍しかったようです」

すかさず藤原がフォローに入ってくれ、瞬は心の中で彼に、本当に申し訳なかったと平《へい》身低頭《しんていとう》して詫びていた。

「一応カラー写真ですからね」

幸いなことに木下は瞬の驚きように疑念を持つことはなかったようで、ニコニコ笑いながらポケットから取り出した写真を二人の前に置く。

写真は工場内で撮られたもののようだった。

「仕事納めのときだったかな。フィルムが半端に余ってるので一枚撮ろうと社長が言って、それで撮ったんですよ。これが私。若いでしょう？　真ん中が社長、横が奥さん、逆隣が社長の弟、私の横にいるのがケースケです。うーん、こうして見るといい男だったんだなあ。当時は子供にしか見えなかったけれど」

　言いながらそのケースケの横を指で示す。

「そしてこれがキヨシです。大人しそうでしょう？　あんな恐ろしいことをするようにはやっぱり見えないですねえ」

　写真は昔ながらの小さなサイズで、大人数を引きで撮っているので、一人一人の顔は小さく、また粒子も粗くて見づらいものではあった。が、『キヨシ』だと指差された人物の顔を見た瞬間、間違いない、と瞬は確信することができた。

　息を呑《の》みそうになるのを必死で堪えつつ、写真を凝視する。

「小柳さんでしたっけ。あのお嬢さんから藤原さんは取材を引き継がれたと、電話でそう仰《おつしや》ってましたね」

　と、木下が何かを思い出したのか、そう言い、藤原を見やった。

「はい。小柳から頼まれたんです。すぐには動けないから、かわりに頼むと」

「なら問題ないと思うんですけど、小柳さんから、取材を受けたことは極力人に言わないようにと言われてたんですよ。記事が出たら送るからそれまではって。まあ、四十年前の話なんて誰も興味を持たないだろうから、誰にも言ってはないんですが、やっぱり黙ってたほうがいいですかね？」

　またも瞬は息を呑みそうになり、慌てて堪えた。藤原は相変わらずにこやかに、頷《うなず》いてみせる。

「ええ。特ダネなもので、絶対に言わないでくださいね。他の人間にすっぱ抜かれないようにと、小柳はそりゃ気にしていましたから」

「特ダネか。楽しみにしてますよ」

　嬉しそうな顔になる木下に藤原は、写真を預かっていいかと問い掛け、快諾《かいだく》されていた。

「本当にありがとうございました。記事が出たら必ずお送りしますので」

「よろしくお願いしますね。ああ、小柳さんにもよろしくお伝えください」

　笑顔のまま木下が喫茶店を出ていく。

「……大丈夫でしょうか」

　心配から瞬が藤原に問うたのは、口止めは木下の身の安全のためだとわかっていたためだった。

「今のところ、彼女の取材相手が木下さんであることは誰にも知られてないはずだ。とはいえ心配は心配だよね」

言いながら藤原が受け取った写真をちらと見やる。

「こうして当時の写真が出てきた今となっては殊更《ことさら》……ね」

瞬へと視線を向けた藤原が、『キヨシ』を指差し問うてくる。

「俺にはちょっと判別がつかないんだが、瞬君の目から見てどうかな?」

「間違いなく、仲村聖だと思います」

四十年という歳月は随分《ずいぶん》と人相を変化させていた上、歳月だけでなく整形手術による人工的な変化も加えられているが、小さな写真のその顔に瞬は、沖縄で会った『聖人』の面影《おもかげ》をはっきりと見出《みいだ》していた。

やはり仲村聖は四十年前の殺人犯だった――となると、小柳朋子もまた、彼に囚われている可能性が高い。

すぐにも徳永に知らせねば。知らせるだけでなく、と拳を握り締めながら瞬は、たとえ徳永に制止されようとも、このあとすぐに沖縄に向かうことにしようと心を決めていたのだった。

# 6

瞬の逸《はや》る気持ちを藤原は理解してくれたが、ひとまずはミトモの店に行こうと誘ってきた。

「高円寺さんが、鹿沼組爆破について調べているんだ。木下さんの警護についても頼みたいし、互いの情報を交換してから動くことにしよう」

そう説得されては従わざるを得ず、瞬は彼と共に新宿二丁目に向かうこととなった。

藤原の運転する車での移動の間に瞬は徳永に電話をし、今聞いた話を報告した。徳永からいくつか突っ込んだ問い掛けがなされたが、仲村聖こと甲斐清司に関するもの以外に、事件の一年前に工場を辞めたケースケこと金原圭介についての問いが多かったことがひっかかり、問いが終わったあとにそれを逆に問い返したのだった。

「ケースケが事件に関係していると、徳永さんは考えてますか？」

『断言はできないが気にはなっている』

徳永が言葉少なに答える。スピーカー状態にしていたため、ハンドルを握っていた藤原がここで話に加わってきた。

「実は俺も気になっているんですよね。高円寺さんとミトモさんとの打ち合わせが終わったら、甲斐清司と金原圭介について調べます」

『よろしくお願いします』

お手数おかけしますと礼と謝罪を述べたあと、徳永は彼の入手した情報を簡単に教えてくれた。

『大原が仲村邸について、情報を集めてくれている。俺は小柳さんの沖縄への搬送経路を調べているところだ。身の自由を奪った上で沖縄まで運んだとなると船ではないかと推察している』

「本人の合意があれば旅客機もあったでしょうが、無理矢理連れていかれたとしか思えませんしね」

藤原は頷《うなず》いたあと、心配そうに問い掛ける。

「勝沼の動きはどうです？　徳永さんや大原さんの身に危害が加えられる危険はありませんか？」

そのことも瞬は気になっていた。大原だけでなく、と彼も言葉を足す。

「竜さんや奥さんのことも心配です」

『今のところ、大原の身元が割れている様子はないが、念のため新垣さんの家には戻らず、俺と同じホテルに滞在している。近所の人に家の様子を定期的に連絡してもらうように手配しているということだった』

「……そうですか」

大原は電気工事業者として仲村邸に潜入しているため、大事をとったものと思われる。近所の人に頼んだのは、竜と妻を不安がらせたくなかったのだろう。

仲村も沖縄では知らない人がいないというほどの名の売れた――しかも『聖人』として有名な人物であるので、滅多《めった》なことはしないのではないかとは思う。しかし東京での暴力団事務所爆破も彼の仕業《しわざ》であるのなら、用心するに越したことはない。

『こちらで何か動きがあればすぐ連絡する』

徳永が電話を切ろうとする。

「あの、徳永さん」

そんな彼を瞬はつい、呼び止めてしまった。

『なんだ？』

問い返してきた徳永の声が硬い。きっと何を言われるか予想できるからだろうと内心溜め息をつきつつ瞬は、それでも言わずにはいられなくて、自分の希望を告げた。

「高円寺さんとの打ち合わせが終わったら沖縄に引き返したいんですが」

『時期がきたら呼ぶから。それまでは東京にいるんだ。いいな？』

答えは既に用意されており、きっぱりと言い放たれる。

「……わかりました」

許可などおりようはずがないとはわかっていたが、実際に得られないと凹《へこ》む。がっくりと肩を落とした瞬に徳永は、

『また連絡する』

と淡々と告げ、電話を切った。

「まあ、そんなに気を落とさないで。『時期がきたら』と言われたんだから」

藤原にフォローされたことが申し訳なく、瞬は慌てて「すみません」と詫《わ》び、落ち込んでいるのを態度に出さないようにせねばと己に言い聞かせた。

そうこうしているうちに新宿二丁目に到着し、近所のコインパーキングに駐車すると藤原と瞬はミトモの店を目指した。

カウベルの音を鳴らして店に入ると、カウンター内では疲れた顔をしたミトモが二人を迎えてくれた。

「いらっしゃい。ヒサモはちょっと遅れるって連絡があったわよ。遅れる分期待しとけって」

「高円寺さんが『期待しとけ』まで言うのは珍しいですね。余程のネタを摑《つか》んだってことかな」

ハッタリとは無縁の人だから、と目を輝かせる藤原に、ミトモが問い掛ける。

「そっちは？　戦果はあったの？」

「四十年前の写真を入手しました。あとは少し興味深い登場人物が出てきましたよ」

「あらやだ。まさか四十年前の事件には他に犯人がいるとでも言うつもり？」

ミトモが半ば驚き、半ば揶揄《やゆ》する感じで突っ込みを入れてくる。

「共犯者ですかね。いや、どちらかというと、仲村聖が『共犯』で、主犯は別にいたんじゃないかと……」

「やっぱりそうなんでしょうか……」

『ケースケ』の話を聞いたときに、瞬もまた彼が事件にかかわっているのではと疑った。

警察の捜査線上に彼があがらなかったのは、仲村を犯人と決めつけていたからではないか。

四十年前は今のように、そこかしこに監視カメラが設置されていたわけではないので、頼りになるのは聞き込みだけだったはずである。仲村の目撃情報は得られたが、圭介に関しては得られなかった。それが決めつけの理由だったのではないだろうか。

「金は圭介の妹の手術に必要で、妹さんの存在ゆえ、仲村が圭介をかばった――『聖人』ならいかにもやりそうじゃないか？」

藤原がニッと笑ってそう言い、瞬を見る。

「ちょっと話が見えないんだけど」

と、ミトモがここで話に割って入ってきた。

「ま、説明はヒサモが来てからでいいけどね。あんたたち、何か飲む？」

「車なんですよ。水もらえますか？」

「あ、俺も水、お願いします」

問われて初めて喉《のど》が渇《かわ》いていたことに気づき、瞬は藤原の横で頭を下げた。

「ウチは水が一番高いんだけどねー」

ふざけてそんなことを言いながら、ミトモがカウンター内で屈み込み、カウンター下にある冷蔵庫からミネラルウォーターのペットボトルを二本取り出し、藤原と瞬に渡してくれた。

二人して礼を言ったあと、藤原がミトモに問い掛ける。

「ところで黒龍会に目立った動きはありませんか？」

「なんか浮き足立ってる感じよ。ああ、そうそう。勝沼なんだけど、間違いなく最近上京しているわ。小柳さんを拉致《らち》した実行犯は彼じゃないかしら」

「そうなんですね！」

さすがの情報網《じょうほうもう》だと瞬が思わず感嘆《かんたん》の声を上げてしまったとき、カランカランというドアにつけられたカウベルの音と共に特徴的なガラガラ声が店内に響き渡った。

「おう、遅れてすまねえ。準備に手間取っちまってよ」

声に誘われ振り返った瞬は、入ってきたのが高円寺だけではないことに気づいた。

「あら、いらっしゃい」

「あれ？　遠宮《とおみや》君も一緒だったんですね？」

ミトモと藤原も聞いていなかったのか、少し驚いた様子である。

『遠宮君』と呼ばれていたのは、人形のように顔立ちの整った瞬と同年代の若い男だった。確か前にこの店で見かけたことがあると思いつつ、瞬は彼に会釈《えしゃく》した。

目つきが鋭いからかとっつきにくい印象を受ける彼は、それでも瞬の会釈に気づき会釈を返してくれた。

「おう。どうしてもついていくって聞かなくてよ」

言いながら高円寺が遠宮の肩を抱こうとすると、遠宮はその手を『ぴしゃり』という擬《ぎ》音《おん》通りの激しい音を立て撥《は》ねのけた。

「いってえ!!」

悲鳴を上げた高円寺をじろりと睨《にら》み吐き捨てる。

「それが上司に対する態度か。沖縄には僕一人で行ってもいいんだからな」

「え!? 沖縄に行くんですか?」

まだ挨拶《あいさつ》も交わしていなかったが、驚いたせいで瞬はつい、彼に問い掛けてしまった。

鋭い視線が浴びせられたことで我に返り、慌てて自己紹介を始める。

「失礼しました。麻生瞬です。特殊能力係に属しています」

「遠宮太郎《たろう》。この馬鹿の上司だ」

遠宮が淡々と名乗るのに、横で高円寺が、

「馬鹿って俺か」

と苦笑している。

「それより、二人して沖縄に?」

藤原もまた遠宮と親しいらしく、やや険悪な雰囲気《ふんいき》を醸《かも》しだしている彼に少しも臆することなく問い掛けたのだが、答えたのは高円寺だった。

「おう。鹿沼組爆破の容疑で勝沼に事情聴取をかける。実際奴がかかわったのは、小柳さん誘拐だと思うが、そっちは物証が揃わなくてな」

「勝沼と黒龍会の繋《つな》がりは裏が取れていますもんね。あと、勝沼が当日東京にいたことに関しても」

なるほど、と頷《うなず》く藤原の声に被《かぶ》せ、カウンター内のミトモが問いを発する。

「にしてもタローちゃんまで一緒に行くのはなんでよ？　二人でバカンス気分を味わいたいとか？」

「そんなわけないでしょう」

遠宮はどうも真面目《まじめ》な性格らしく、揶揄に違いないミトモの言葉に柳眉《りゅうび》を逆立てて怒りを示していた。

「タローに冗談は通じねえって、わかってんだろうが」

高円寺が呆《あき》れた視線をミトモに向け、ミトモは「つい面白くて」と笑っている。

「俺だけじゃ許可が下りなかったんだよ。タローが責任を持つと上に啖呵《たんか》を切ってくれて、それでようやく沖縄に飛べるようになったんだ」

説明する高円寺の横では、遠宮は相変わらず憮然《ぶぜん》とした表情で立っていたが、頬《ほお》が少し赤いような気がする、と瞬はこっそり彼を観察していた。物言いはきついが、部下思いのいい上司なのだろう。自然と微笑《ほほえ》んでしまっていた瞬だったが、気づいた遠宮にじろりと睨まれ、慌てて俯《うつむ》き目線を逸《そ》らした。

「で？　そっちはなんか新しいネタ、仕入れられたか？」

全員スツールに座ったあと、高円寺が藤原に問い掛ける。

「はい」

藤原は頷くとポケットから取り出した古い写真をカウンターに置いた。

「四十年……いや、四十数年前、工場に勤めていた人たちの写真です。俺には判別がつきませんでしたが、この甲斐清司という男が仲村聖に間違いないと瞬君は断言しました」

「こんな粒子の粗《あら》い写真でよくわかったなあ」

高円寺は少しも疑念を抱くことなく感心してみせたが、横では遠宮が疑わしい視線を写真に向けていた。

「殺された社長とその弟に奥さん、これが今日話を聞きに行った木下さんです」

「仲村聖の横の若い男は？」

一人ずつ指差し説明していた藤原が最後まで示さなかった若い男を、高円寺が指で差す。

「事件の一年前に工場を辞めた金原圭介という男だそうです。仲村とは随分《ずいぶん》親しくしていた上に、辞めた理由もちょっと気になりまして」

藤原はそう言うと、木下から聞いた話を簡潔にまとめた上で高円寺らに説明した。

「なるほど。妹の手術代のために、より実入りのいい仕事にね」

「木下さんは仲村に多額の借金があったことにも驚いていました。もしやその借金も金原絡みだったんじゃないかと思いまして」

藤原の言葉にミトモが、

「仲村は世話になった先輩を庇《かば》ってるって、りゅーもんちゃんは思ってるのね？」

と確認を取る。

「ええ。主犯は金原という可能性もあるんじゃないかと」

「この間読んだ当時の捜査資料には金原の名前は全く出てきてなかったぜ」

「木下さんも、当時警察から金原については何も聞かれなかったと言っていました。最初から仲村を犯人と決めつけて捜査が進んでいたんじゃないでしょうか」

「そんな感じだったな。目撃情報があったから」

しかし、と高円寺が唸《うな》りつつ、写真を見やる。

「いくら世話になった相手だとしても、殺人の罪を被るかねえ」

「そもそも金原が事件にかかわっているというのは藤原さんの想像で、当時の関係者すらそうは思っていなかったということですよね」

遠宮が淡々と突っ込んでくるのに、藤原は気分を害することなく、

「そのとおり」

と微笑み頷いた。

「なので俺はこれから金原圭介について調べてみるつもりです」

「ちょっと待ってください」

と、遠宮が藤原の話を遮《さえぎ》ったかと思うと、ポケットから取り出したスマートフォンでどこかにかけ始めた。

「私だ。これから告げる人物の犯罪歴の有無を調べてほしい。金原圭介、年齢は六十代から七十代。結果をすぐ連絡してくれ」

どうやら部下に、犯罪者のデータベースの検索を依頼してくれたようである。

「仕事が早いな」

さすが、と肩を抱こうとする高円寺の手をまたもぴしゃりと撥ねのけ、「痛えっつーの」と口を尖らせる彼を睨み付ける。

「生きているのかしらね、その人」

ミトモがぽつりと漏《も》らしたのを聞き、亡くなっている可能性もあるかと瞬は改めてそのことに気づいた。

もしも金原が生きていたら、仲村聖は沖縄で安穏《あんのん》と生活していられないのではないか。

『沖縄の聖人』として有名になればなるほど、過去を知る人物の存在に脅威《きょうい》を感じるはずだ。

と、遠宮のスマートフォンが早くも着信したらしく、すぐに彼が応対に出た。

「わかった。ありがとう」

通話の短さから瞬が推察したとおり、電話を切った遠宮が皆に告げた言葉は、

「金原圭介という名では犯罪者のデータベースに該当者《がいとうしゃ》はなかった」

というものだった。

「そうか……まあ、別件で逮捕されていたら、余罪で四十年前の犯罪についても追及されていそうだし、想定内といえば想定内か」

藤原は残念そうにはしたものの、すぐ気を取り直した様子となると、

「あ、写真は瞬君が持っているといい。一枚、撮らせてもらえる？」

と瞬に許可を取ってきた。

「勿論《もちろん》です」

「すぐに金原圭介の調査に入るよ。瞬君は高円寺さんたちと一緒に沖縄入りするだろう？」

言いながら藤原は写真をスマートフォンのカメラに収め、言葉どおりすぐにスツールを

下りる。

「はい。そのつもりです」

「空港まで一緒に行こうぜ。車で来たんだ。送ってやるよ」

「ありがとうございます」

何から何まで、と頭を下げた瞬の、その頭を高円寺がぽんと叩く。

「気にすんな。ウチらはウチらの仕事をするまでだ。車ん中で沖縄の状況を教えてくれ」

「子供相手じゃないんだからな。成人男子の頭をぽんぽん撫《な》でるのはいただけない」

と、横から遠宮がそんな注意を施し、じろりと高円寺を見やる。

「あ、大丈夫です」

瞬としては何も気にするところがなかったので、一応そう言葉をかけたのだが、ミトモに苦笑され、どうやら自分が見当違いのフォローをしたらしいと気づいた。

「タローちゃんがいやなのよ。察しなさいな」

「え？」

しかしミトモが何を言いたいかわからず、首を傾《かし》げる。と、ただでさえ不機嫌そうだった遠宮がますますむっとした顔になったかと思うとスツールを下り、店を出ていってしまった。

「おい待てや、タロー。ミトモ、タローをあまりからかうなって。あとが大変なんだからよ」

高円寺が、やれやれというようにそう言い、瞬に向かって肩を竦《すく》めてみせる。

「え？」

それもまたどうリアクションを取っていいかわからず戸惑った声を上げた瞬の背を、高円寺は、

「なんでもいい。さあ、行くぜ」

と促し、ドアへと向かった。

「アタシはりゅーもんちゃんのフォローと、黒龍会についての調査を続けるわ」

ミトモの声に送られ、店を出ると瞬は高円寺と共に、彼が覆面パトカーを停めたというコインパーキングに向かった。

車の後部シートには既に遠宮がむすっとした顔で座っている。運転は高円寺がするということかと察した瞬は、彼を運転手のように扱うのは申し訳ないと思い、助手席に乗ろうとした。

「後ろ、座ってくれるか？」

となぜか高円寺にそう言われ、いいのだろうかと思いつつ遠宮の横に乗り込む。

「先に飛行機の手配しちまいな」

世話焼きの高円寺は瞬にいちいちやることを指示してくれ、瞬はありがたく思いつつ、高円寺たちと同じ便の予約をすませると、沖縄での出来事を問われるがままに話し始めた。

「詐欺師《さぎし》の藤岡がそこまでフォローしてくれるとは。徳永も愛されてるねえ」

話を聞き終えると高円寺は感心した声を上げたが、瞬の横では遠宮が眉間《みけん》に縦皺《たてじわ》を刻み、瞬に問いを発してきた。

「見返りを求められたりはしなかったんですか?」

「はい。今のところは……」

階級は聞いていないがどう考えても自分より相当上であろう彼に丁寧語《ていねいご》で話されることに戸惑いながらも、瞬は失礼のないようにと気を配りつつ、返事をする。

「藤岡の目的はなんなのでしょう。拉致《らち》されていると思《おぼ》しき女性ルポライターを見捨てておけないという義俠心《ぎきょうしん》からの行動にしては度が過ぎているような気がします」

「義俠心プラス、昔のリベンジなんじゃねえの? それプラス、徳永と瞬への恩返しじゃねえかな。まあ、どうでもいいじゃねえか、そこは」

「どうでもいいわけがない。相手は曲がりなりにも犯罪者なのだから」

運転席の高円寺をミラー越しに遠宮が睨《にら》み付ける。

「……すみません」

その犯罪者に頼り切ってしまっているのは自分たちだと謝罪をした瞬に、遠宮は、

「あなたや徳永さんを責めているわけではありませんので」

と、ツンとしたままではあるものの、そんなフォローを入れてくれて、ますます瞬を恐縮させた。

「タローは物言いがキツいだけで、別に怒ってるわけじゃねえから。俺も最初のうちは誤解してたけどよ」

と、今度は高円寺にまでフォローされ、瞬はますます恐縮してしまった。

「お前に対しては常に怒っている」

「え？　マジか？」

気がついてなかったわ、と笑う高円寺を遠宮が睨み付ける。このやりとりもまた自分に対する気遣いかも、と申し訳なく思いながらも瞬は、気にすればその倍気にされてしまう、と話を変えることにした。

「ところで黒龍会を動かしているのは誰だかわかりましたか？　仲村聖本人ではないですよね？」

「おそらくな。沖縄の聖人を利用したい中央の政治家じゃないかと思うが、まだ特定はで

きてねえんだよな、タロー」

高円寺の問い掛けに遠宮が「ああ」と頷《うなず》いたあと瞬を見る。その彼の反応を気にしつつ、瞬は、

「実は藤岡が中園代議士の名を出したんです」

と告げてみた。

「ああ、ミトモからも聞いた。可能性としては『アリ』だと思うぜ。いい噂《うわさ》も悪い噂も多い政治家だからな」

反応があったのは高円寺からで、やはり詐欺師からの情報は気に入らないのか、遠宮はむすっとしていたが、ふと思いついたように違うことを問うてきた。

「仲村聖と実際話した感じはどうでした？　噂通り『聖人』でしたか？　また、沖縄での評判はやはり高いんでしょうか？」

「はい。現地の人に話を聞きましたが、それこそ子供の二人に一人は尊敬する人物に仲村聖を挙げるというほどだそうです。本人の印象は……短時間だったし、会話もそうしていないので正直、よくわからないのですが、少なくとも悪人には見えませんでした。ただ、好々爺《こうこうや》というよりは、肝《きも》の据わった老人、という印象を受けました。滅多《めった》なことでは動じないというか……」

「仲村聖が本当に甲斐清司であるとしたら、まだ六十代のはずですからね。若く見えるのも当然でしょうが……」

遠宮が考え考え言うのに被《かぶ》せ、高円寺が口を開く。

「実際、『仲村聖』という人間は戸籍上、存在するのかね」

「約四十年前に本土から渡ってきた身寄りのない青年が、サトウキビ農園で身を粉《こ》にして働くうちに、主に気に入られて跡継ぎに選ばれ、事業を興《おこ》して大成功——いかにも人に好まれそうな立身出世物語ですが、実話なんですよね」

高円寺と遠宮、それぞれに瞬は、

「そのままの話を沖縄の老人から聞きました。戸籍についてはまだ調べていないのでなんとも」

と答えたあとに、今の時代、別人になりすますということは可能なのだろうかと改めて考えた。

マイナンバーをはじめとした身分証明書が必要な場面がいくらでもある。納税などはどうしているのだろう。

「調べようという人間が今までいなかったのは、沖縄内では有名でも、本土までは評判が届いていなかったからだろうな」

高円寺は答えたあと、「それに」と唸《うな》る。

「沖縄内での評判を利用しようとした有力者が、守ってきたのかもしれない。仲村のためというよりは自分たちの利権のために」

「有力者は仲村が四十年前の殺人犯ということを知って庇《かば》ってるんでしょうか」

「知っているからこそ庇ってるんだろうが、万一バレたとしても、既に時効が成立しているしな」

犯罪者を匿《かくま》っているわけではないし、と高円寺が続けるのに、確かに、と瞬もまた頷いた。

「法的には問題なくても、社会的評判は落ちるでしょうから……仲村の利用価値を保つためにも、彼の犯罪歴についてはなんとしてでも隠したい、それを世間に公表しようとする小柳朋子さんを拉致したと……あっ！　今までもそんなことはあったんでしょうかね⁉」

その可能性に今気づいた、と思わず瞬は大きな声を上げてしまった。

「……ちょっと煩《うるさ》いんだが」

狭い車中では瞬の声は響きすぎたのか、ぼそりと遠宮が呟《つぶや》いたのを聞き、慌てて謝る。

「し、失礼しました」

「はは、徳永にもよく注意されてるな。元気なのは若い証拠だ」

またも高円寺がフォローしてくれたが、そのせいなのか遠宮の全身から、怒りのオーラがぶわっと立ち上り、どうしたらいいのやらと瞬は一人、あわあわしてしまっていた。

「タロー、顔が怖いっつーの」

「煩い」

「怖い顔も綺麗《きれい》だけどな」

「馬鹿か」

高円寺が口を開くたびに遠宮の怒りが増すように思うのに、本人は気づかないのだろうか。はらはらしているのは瞬ばかりで、高円寺と遠宮は険悪な雰囲気《ふんいき》のまま言い合いを続けていた。

「しかし仕事で沖縄とはなあ。同じ行くなら遊びで行きたかったよな」

「別に」

「沖縄、行ったことあるか？　俺は高校卒業したときに上条《かみじょう》たちと行って以来かな」

「ない」

「そうか。仕事が早めに終わったら、観光でもするか？」

「しない」

まったく愛想のない受け答えをされているにもかかわらず、高円寺は明るい口調で会話を続けている。メンタル強いなと感心すると同時に、上司に対する物言いではないようなとも思ったが、瞬にそれを指摘できるわけもなかった。

離陸までの間、瞬は食事をするという高円寺たちと別れ、ロビーで徳永にメールを打ちながら、一連の出来事を頭から整理してみようと考え始めた。

仲村聖は四十年前に強盗殺人犯として指名手配された甲斐清司であることは間違いない。甲斐は本当に恩義ある工場の社長を殺したのだろうか。当時彼が負っていた多額の借金は何に必要な金だったのか。もしや一年前まで共に働いていた金原圭介のために用立てたものではなかったか。

金原のこともわからない。妹の手術代が必要とのことだったが、工場から奪った金で妹の手術代をまかなえたのか。それとも彼はまったく無関係なのか。無関係だからこそ、当時の捜査資料にまるで出てこないのだろうか。

金原は今、どこで何をしているのだろう。生きているのか死んでいるのか。彼の妹は？無事に手術ができたのか。

四十年という年月は過去を辿《たど》るにはあまりに遠すぎる。四十年前はどのような世界だったのか。徳永もまだ生まれていない。高円寺もまだだろう。ミトモはどうだろう。佐生の叔母なら性格的によく覚えていそうな気がするが、聞く暇がなかった。前にちょっと調べたところ、四十年前には携帯電話はまだ普及していなかった。インターネットもまだだ。調べ物があれば図書館に行ったり人に聞いたりするしかない。メールもないから友人との通信手段は電話か手紙。手紙なんていつから書いてないだろう。年賀状すら出すのをやめてしまっている。

今は遠く離れていても——それこそ海外にいたとしても、スマートフォンやパソコンを使えば顔を見ながら通話ができる。事件の関係者はすぐに身元が特定され、顔写真がネットに晒《さら》されることも珍しくない。

もしも今、東京で殺人事件を起こした人間が沖縄に逃げ、別人として暮らしていこうとしても、あっという間に身元が割れ、すぐに逮捕されてしまうに違いない。沖縄まで飛行機なら三時間もかからないし、一日に数え切れないほどの便数が出ている。物理的な距離はかわらないが、体感的な距離はどれほど短くなったことか。それを証拠に自分も容易にこうして往復している。

仲村はこの四十年、沖縄から出ていないと言っていた。嘘ではないだろう。沖縄にこもっている彼にとっての四十年という歳月はどのようなものだったのだろう。

長かったのか。短かったのか。彼にとってはまだ、東京は——本土は遠い世界なのか。

大原が住む竜の家は昔ながらの沖縄の家、という感じだった。時が止まったかのような印象を受けたが、一方仲村の邸宅は近代的設備の整ったものだった。

監視カメラに守られたあの家で、仲村は何を思って生きているのか。彼の口から聞いてみたい。

その願いからいつしか拳を握り締めていた瞬は、メールの着信に気づき、我に返った。打ちかけのメールを一旦閉じ開いてみると、送ってきたのが藤原とわかり急いで読みはじめる。

さすがやり手のルポライター、藤原は既に金原が亡くなっていることを調べ上げていた。が、亡くなった時期を見て瞬は思わず息を呑《の》んでしまったのだった。

金原が亡くなったのは今から四十年前。仲村が社長を殺したとされる事件の日の前日だった。

# 7

瞬が徳永に沖縄入りを伝えたのは、飛行機に乗り込んでからだった。許可を得る前に行動に移したことは申し訳ないと思いつつも、徳永が自分の将来を思いやってくれているがゆえの禁止だとわかっているため、無理を通したのだった。

高円寺と彼の上司、遠宮と一緒に沖縄入りをするとメールをしたが、離陸までの間に返信はなかった。怒っているのかもしれないと案じた瞬だったが、沖縄に到着した直後に徳永からの返信が届いた。

到着ロビーで落ち合おうという文面を見て、瞬は安堵《あんど》のあまり大きく息を吐き出していた。

「どうした？」

隣にいた高円寺が驚いて瞬を見る。

「あ、いえ。その……徳永さんが到着ロビーで待ってるそうです」

「はは、怒られなくてよかったな」

顔や態度には出さないようにしていたつもりだったが、高円寺には瞬が気に病んでいたことなどお見通しだったらしく、笑ってそう言うと瞬の肩を叩いてくれた。

徳永の長身はよく目立っていた上、高円寺もまた目立つ体軀《たいく》をしているため、お互いすぐ見つけることができた。

「すみません」

顔を合わせてすぐ瞬は徳永に頭を下げたが、徳永はわかったというように頷《うなず》くのみで、

「車で送ります」

と先に立って駐車場へと向かっていった。そのあとを高円寺と遠宮、それに瞬が追う。

「沖縄県警からの圧力は？」

「今のところはなんとも。上司と連絡のつくスマートフォンの電源を切っているので」

徳永の言葉に高円寺が「やるねえ」と笑う。

「お二人には特に圧力はかかりませんでしたか？」

「一応はかかったかな。沖縄に行くのに待ったがかかったのをタローが跳ね返してくれた」

な、と高円寺が遠宮を振り返る。

「仲村聖に接触はしないようにと、しつこいくらいに念を押されましたがなんとか」

淡々とした口調で遠宮は答えると、逆に徳永に問いを発した。

「我々の役割としては、勝沼を仲村聖から引き離すということでいいですね？」

「はい。お願いします。勝沼の前科と本名についてはミトモさんにお知らせしましたが」

徳永に最後まで言わせず、遠宮が、

「聞いています」

と頷き、瞬へと視線を向ける。

「犯罪者リストの顔写真から彼が見つけたそうですね」

「！　は、はい」

いきなり話を振られ、動揺《どうよう》したせいで一瞬返事が遅れてしまった。しかも声がひっくり返った、と頬《ほお》を赤らめた瞬からすぐ視線を徳永へと戻すと、相変わらず淡々とした口調で話し出す。

「膨大《ぼうだい》な写真の中からよく見つけられたものだと感心しました。噂《うわさ》の『忘れない男』の実力をこの目で確認できてよかったです」

「それだけじゃないぜ。四十年前の小さな写真を仲村聖と断定したのもすげえと思ったよ。りゅーもんも俺も、まったく判断がつかなかった」

高円寺にも褒《ほ》められ、いたたまれなさを覚えた瞬は、どうリアクションをとるべきかわからず、挙動不審となっていた。そんな瞬を一瞥《いちべつ》したあと徳永は苦笑し、瞬のかわりに二人に礼を言ってくれた。

「ありがとうございます。彼の特殊能力は本物ですから」

「いや、そんな」

徳永にまで褒められ、ますますあわあわしてしまっていた瞬だったが、

「浮かれるのはそれまでだ」

と早々に釘を刺され、はっとして気持ちを立て直した。

「話を戻しますが、お二人が勝沼の相手をしてくれている間に、我々は仲村に再度面談を申し入れるつもりです。説得に応じてくれることを願ってますが、説得しきれなかった場合は隙《すき》を衝《つ》いて地下室に潜入します。あの屋敷内に囚われているのなら場所は地下室の可能性が高いので」

「外していたら不法侵入で罪に問われますね」

遠宮が難しい顔になる。

「ま、そのときはそのときだ」

一方、高円寺は楽観的にそう言い放ち、遠宮の眉間《みけん》に縦皺《たてじわ》を刻ませていた。

「あくまでもお二人の捜査とは関連がないと主張しますのでご安心ください」

徳永が真摯《しんし》に告げるのに、遠宮が、

「別に火の粉《こ》がふりかかるのを恐れているわけではありません」

と憮然《ぶぜん》として言い返す。

「それしか手がないのなら仕方がないでしょう。勝沼に話を聞くのに、この車を使わせていただいてよろしいでしょうか？」

高円寺は過ぎるほどにフレンドリーだが、遠宮はきっちり線を引くタイプのようだと、瞬は改めて感じ、徳永はどういう返しをするのだろうと彼を見やった。

「勿論《もちろん》です。どうぞお使いください」

あとで鍵《かぎ》をお渡しします、と、こちらも丁寧《ていねい》に応対している。遠宮の年齢は自分と同じくらいだろうが、階級はもしかしたら徳永よりも上なのかもしれない。そんなことを考えていた瞬は、徳永に声をかけられ、はっと我に返った。

「我々は離れたところで車を降り、勝沼が外に連れ出されたあとに訪問しよう。いいな？」

「はい！　わかりました！」

声を張りそうになるのを堪え、それでもきっぱりと返事をする。

「県警が出張ってくる前にカタをつけようぜ」

高円寺がガラガラ声を張り上げるのには瞬もつい「はい！」とやや張った声で返事をし、また も遠宮に煩《うるさ》そうな顔をされてしまった。

ワンブロック手前で徳永と瞬は車を降り、高円寺たちからの連絡を待つことにした。ちょうど木陰にあったバス停で、バスを待っている体《てい》で立ちながら話を始める。

「写真、見せてもらえるか？」

「これです」

当然、写真はスマートフォンで撮影したものを徳永にも送っていた。生で見るのとはまた少し違った印象があるかもしれないとすぐにポケットから手帳を取り出し、挟んでおいた写真を渡した。

「……人相は大分変わっているな」

仲村聖こと、甲斐清司を見た彼がぽつりと言葉を漏《も》らす。

「整形もしていると思います」

「そうだな」

目を凝《こ》らし、暫《しばら》くの間写真を眺めていた徳永がようやく顔を上げ、瞬を見る。

「隣に写っている金原は、事件の前日に亡くなっていたと連絡があったな」

「はい……てっきり共犯かと思ったんですが。藤原さんは金原が主犯ではないかとまで言ってたのに……」

「お前はどう感じた？」

　徳永に問われ、自分も金原のことは気になった、と、それを伝える。

「妹さんの手術のために多額のお金がいるということを聞いたからか、俺も事件とのかかわりを疑いました。性格的にも仲村よりは『やりそう』と木下さんが言っていたというのもあるんですが……」

「共犯説は捨てる必要はないかもしれないぞ。亡くなったことを仲村が知らなかったとしたらどうだ？」

「あ」

　確かに、と瞬が思わず声を漏らしたとき、スマートフォンが着信に震えた。

「あ、高円寺さんからです」

　届いたのはショートメールで、『成功』とだけ書いてある。見覚えのある車が前を通り過ぎていく。運転席に高円寺がいた確認が取れた、と瞬は徳永を振り返った。

「行くぞ」

　徳永が瞬に頷《うなず》き、歩き始める。あとに続きながら瞬は、何があっても小柳朋子を救出してみせると改めて己に誓ったのだった。

　インターホンで徳永は、昨日訪問した警視庁の徳永と名乗った。なかなか通してはもらえないことを予測していた瞬だったが、思いの外《ほか》早く門は開き、中から慌てた様子の中年女性が飛び出してきたことに戸惑いを覚えた。

「ど、どうぞ。ご案内します」

「ありがとうございます」

　てっきり沖縄県警に連絡でもされるのではと覚悟していたが、そのような様子はなさそうだった。案内されたのは昨日と同じ応接室で、やはり昨日と同じくソファに座っていた仲村は立ち上がると、二人を迎えてくれた。

「やあ、いらっしゃい。どうしました？　あの詐欺師《さぎし》について、何か進展がありましたか？」

　にこやかに問うてくる仲村を見るにつけ、四十年前の写真の彼の顔が浮かんでくる。やはり間違いない、と瞬が確信したのが伝わったのか、徳永はちらと彼へと視線を向けたあと、仲村を真っ直ぐに見据え口を開いた。

「今日は別件です。四十年前、沖縄にいらっしゃる前のお話をお伺《うかが》いできないかと思い参上しました」

「四十年前ですか。随分《ずいぶん》と昔で、覚えているかどうか……」

と、ここで仲村が未だ室内にいた、徳永と瞬をここまで案内してくれた女性に声をかける。

「冷たい飲みものを持ってきてもらえますかな。ああ、冷たいものでいいですか？　コーヒーにしましょうか？」

徳永と瞬に問い掛ける顔からは、少しの焦りも感じられない。昨日と同じだ、と瞬はにこやかに微笑《ほほえ》む仲村の顔をつい凝視してしまっていた。

間違いなく彼は四十年前に殺人犯として指名手配された甲斐清司だ。これから追及されるのはそのことだとわからないはずはないのに、なぜ落ち着いていられるのだろう。少しは動揺《どうよう》しないだろうか。まるで罪の意識が感じられないように見える。

それは罪の意識がないからか、それとも——あまりに見すぎたせいか、仲村の視線が瞬へと移る。彼の目の中に瞬はなんとも静謐《せいひつ》な光を見出《みいだ》し、ますますわからなくなってしまった。

「どうぞお構いなく」

徳永の声で瞬は我に返った。

「それでは冷たいお茶をお願いしますかね」

仲村の視線が女性に移り、にこやかにそう話しかける。

女性が部屋を出ると仲村は二人に椅子《いす》を勧め、三人は向かい合ったのだが、先程の女性が麦茶を運んでくるまでの間、誰も口を開かなかった。

「さて」

女性が退室するとようやく仲村が徳永へと声をかけた。

「四十年前の話でしたな」

「はい」

頷いた徳永がポケットから取り出した写真を仲村の前に置く。

「木下さん……覚えていらっしゃいますか？　彼から借りた写真です。仲村さんも写っていらっしゃいますよね？」

「…………」

仲村が写真を手に取り、じっと眺める。自分ではないといった発言を予測し、瞬は仲村を見つめていたが、彼が口を開く気配はなかった。徳永もまた無言のまま、仲村を凝視している。

やがて仲村が写真から顔を上げ、徳永を見やりつつ口を開いた。

「それであなたは何をお聞きになりたいのかな」

否定しない――！　肯定もしていないとはいえ、まさか否定の言葉がないとは思わず、瞬はまたもまじまじと仲村の顔を凝視してしまった。

「この家に、小柳朋子という女性が監禁《かんきん》されていますね？」

徳永が静かな声で問い掛ける。

「………」

仲村が少し戸惑った顔になったのは、彼にとっては予想していない問い掛けだったからのようで、

「監禁ですか？」

と眉《まゆ》を顰《ひそ》め問い返してきた。

「はい。あなたの秘書の勝沼が東京で拉致《らち》し連れてきた女性が、おそらくこの家の地下室にいるはずです。ご存じなかったですか？」

徳永はどこまでも淡々としていた。責める口調でもない。

「勝沼が？」

仲村は驚いた顔になっていた。演技のようには見えないが、そうしたことに長《た》けているのかもしれない。瞬が尚も見守る中、徳永の問い掛けは続く。

「勝沼の所属する黒龍会という暴力団が下位団体である鹿沼組の事務所を爆破し、大勢の

組員が死にました。そのこともご存じなかったですか？」

「勝沼は暴力団から足を洗ったはずです」

知らないという答えではなかったが、初耳だったようだと、瞬は彼の表情からそう判断した。

「表向きは辞めたことになっていますが、実際繋《つな》がっています。今までも、あなたの過去を探る人間や団体の口を塞《ふさ》いできたのは黒龍会であり、彼らを動かしているのはあなたの名声を利用しようとしている人間だと我々は見ています」

徳永はきっぱりと言い切ったが、実際にはすべて確証が得られているわけではなかった。推察ではあるが、確信している。それゆえ堂々と言い放つことができているのだろう。

一方それを聞く仲村は呆然《ぼうぜん》とした表情となっていた。ショックを受けているように見える、と青ざめるその顔色や、膝に置かれた手の指先が微《かす》かに震えるさまを見つめる。

暫《しばら》くの間、室内には沈黙が流れていた。その沈黙を破ったのは、仲村の深い溜め息だった。

「……初めて聞く話です。しかし、何も聞かされないのをいいことに、気づかないふりをしていただけかもしれません。知りたくなかった……そんな甘えがあったのでしょう」

仲村の声は震えていた。血の気の引いた顔を上げた彼が、逆に徳永に問い掛ける。

「勝沼が女性をこの家に拉致したと仰《おつしや》いましたね？」

「はい。写真を貸してくださった木下さんにインタビューした、フリーのルポライターです」

「……すみません、少しいいですか？」

そう告げると仲村は立ち上がり、ドアへと向かっていった。

「ミカさん、ちょっと来てもらえますか？」

ドアを開き、外にそう声をかけると、先程の家政婦が焦った様子でやってきた。

「お呼びでしょうか」

「今、地下室に誰かいるのですか？」

仲村の問いに、ミカという家政婦の笑顔が凍り付く。

「あ、あの……」

「いるのですね？　地下室の鍵《かぎ》を持ってきてもらえますか？」

「……あ、あの……」

ミカは明らかに動揺していた。おろおろとする彼女に仲村が再度命じる。

「持ってきてください。持っていないのなら誰が持っているのかを教えてください。勝沼ですか？」

「……はい」

ミカは困り切った顔をしつつも頷《うなず》き、ぼそぼそと言葉を続けた。

「勝沼さんから、誰にも言うなと……一人分の食事を作るようにということと、地下室には近づくなとも……」

「わかりました」

ミカの顔には怯《おび》えがあった。勝沼は彼女にとって脅威《きょうい》なのだろう。

「あの……先生のためだと勝沼さんは言ってたんです。それに、その……」

言い訳を始めた彼女に対し、仲村は、

「もういいですよ」

と微笑むと立ち上がり、その様子を見ていた徳永と瞬を振り返った。

「鍵を壊します。一緒に来てもらえますか?」

「わかりました」

徳永はどこまでも淡々としていた。見習わねばならないとわかっていながらも瞬は、この展開についていけず、どこか浮き足だってしまっていた。

地下室への扉は、図面どおりキッチンにあった。仲村がドアノブを摑《つか》み回してみたがやはり鍵がかかっていたため、彼はミカに、鉈《なた》を取ってくるようにと指示を出した。

転げるようにしてミカがキッチンを出ていき、間もなく鉈を手に戻ってきた。仲村は渡された鉈を躊躇《ちゅうちょ》なくふるってドアノブを壊すと、無事に鍵の開いたドアを開き、電気のスイッチを入れた。

「階段の下が地下室です」

説明をしつつ階段を降りていく彼のあとに、徳永と瞬も続く。降りきったところに扉があったが、その扉に鍵はついていないようだった。

「誰かいますか？」

声をかけながら仲村が扉を開く。広々とした室内は電気がついており、部屋に入った瞬間、瞬は奥の壁側にぽつんと置かれた簡易ベッドの上、怯えた顔で座る朋子の姿を見出《みいだ》すことができた。

「小柳さん！」

徳永が名を呼び、駆け寄っていく。瞬もあとに続こうとしたが、仲村の動きも気になったため彼へと視線を向けた。

仲村は呆然《ぼうぜん》と立ち尽くしていた。彼は本当に朋子が拉致されていることを知らなかったのだろうと、その顔を見て瞬は判断を下したのだった。

「徳永さん……？」

朋子はかなり衰弱している様子だった。徳永のことを幻とでも思っているらしく、信じられないというように弱々しく首を横に振っている。

「麻生、救急車だ」

徳永に命じられ、瞬ははっと我に返るとポケットからスマートフォンを取り出した。が、アンテナが立たなかったので、部屋を出ようとする。

「すぐ呼んでもらいますから」

と、仲村がそう声をかけたと思うと、階段のところまで進み、上からおそるおそる地下を覗《のぞ》き込んでいたミカに「救急車を呼んでください」と依頼したあと、徳永と朋子の傍へと向かっていった。徳永が朋子を庇《かば》うように前に立つ。

「……本当に申し訳ない……」

仲村の目的は謝罪だった。深く頭を下げる彼を前に、朋子はただ呆然《ぼうぜん》としていた。

「まずはここを出ましょう」

徳永は仲村と、そして朋子にそう言うと、

「立てますか?」

と彼女に問い掛けた。

「あ……はい……」

頷き、立ち上がろうとするも、足に力が入らないのか、なかなか立てないでいる彼女を徳永が抱き上げる。

「あ、あの……っ」

いわゆる『お姫様抱っこ』をされたことが余程衝撃的だったのか、それまで虚《うつ》ろだった朋子の瞳にようやく光が戻り、頬《ほお》には赤みが差してきた。

「あ、歩けます」

慌ててそう言う彼女に徳永は頷いてみせたものの、そのまま階段を上っていった。

「救急車が来るまでこの部屋でお休みください」

一緒に階段を上ってきた仲村が先に立って廊下《ろうか》を進み、一つの部屋のドアを開く。そこは客用寝室らしく、ホテルの一室のように中央にベッドが、窓際には机やソファが置かれていた。綺麗《きれい》にメイキングされたベッドの上に徳永は彼女を下ろすと、前に跪《ひざまず》き、視線を合わせた状態で問い掛ける。

「大丈夫ですか？　気分は悪くありませんか？」

「……大丈夫……です」

頷きはしたが、朋子は少し朦朧《もうろう》としているように見えた。

「睡眠薬を投与されているのかもしれない」

徳永は心配そうにそう呟《つぶや》き、再度、

「気分はどうですか?」

と俯《うつむ》く朋子の顔を覗き込む。

「手酷《てひど》い扱いを受けたのではありませんか?」

と、背後で仲村の心配そうな声がしたため、瞬の視線は彼へと移った。

「暴力を振るわれたりはしませんでしたか?」

仲村は憤《いきどお》った表情となっていた。改めて朋子の衰弱した様子を目《ま》の当たりにし、怒りが込み上げてきているようだと瞬は彼を見やった。

「……いえ……食事も与えてもらえましたし……」

朋子の顔には怯えがある。細い声で答えた彼女が最後にぽつりと言葉を加えた。

「ただ……怖かったです。生きて外に出る日は来ないのではないかと……」

「本当に申し訳ありません」

仲村が深く頭を下げたときにドアがノックされ、家政婦のミカがおずおずと、救急車が到着したと声をかけてきた。

「彼女に付き添いを頼めますか?」

救急隊員が朋子を救急車に運び入れる間に、徳永はそう仲村に依頼し、仲村は承諾《しょうだく》した上でミカに、くれぐれも頼むと頭を下げ彼女を救急車に乗せたのだった。

救急車を送り出したあと、仲村は少し呆然としていた。が、やがて我に返った様子となると徳永と瞬を振り返った。

「すべてお話しします。どうぞ中へ」

「はい」

徳永が短く答え、仲村に続いて家の中に入る。瞬もまた彼に続きながら、いよいよ四十年前の事件について語られるときがきたのだと、ゴクリと唾《つば》を飲み込んだ。

もといた応接室で仲村は徳永と瞬と向かい会うと、テーブルに置かれたままになっていた四十年前の写真を手に取り、眺めながら話し出した。

「ご推察のとおり、ここに写っているのは私です。まだ写真が残っているとは思いませんでした。木下さんはお元気でしたか?」

顔を上げ、徳永を見やる。徳永が実際に木下に会った瞬へと視線を向けてきたため、瞬は仲村の問いに答えるべく口を開いた。

「はい。お元気でした。写真は奥さんがしまっておいてくれたのだそうです」

「そうですか……面倒見のいい先輩でした。この工場の人は皆、親切で気持ちの温かい人ばかりでしたよ。社長も奥さんも、社長の弟さんも……」

懐かしそうに語っていた仲村だが、徳永が発した問いに彼の笑みが頬で凍り付いた。

「その親切な社長を殺して工場に火をつけ逃走したのですよね？」

「…………」

口を閉ざした仲村が、ゆっくりと写真をテーブルの上に置く。

「四十年前、何があったのですか」

そのまま俯いてしまった仲村に、徳永が問い掛ける。

「……四十年経った今でも、時折夢を見ます。社長の命を奪ったときの夢を」

やはり社長を殺したのは仲村だった。本人の口から今、真実が語られたのだ。自然と息を呑《の》んでしまっていた瞬の横で、徳永が静かな口調で問い掛ける。

「一人で計画されたのですか。かつて同僚だった金原圭介さんが事件にかかわっていたということはありませんか？」

圭介の名が出たとき、仲村は、はっとしたように顔を上げ、徳永を見やったが、すぐ、首を横に振り再び俯いた。

「……圭さんは……」

そうして話し出そうとしたが、なかなか次の言葉が出てこない。

「当時、あなたは多額の借金を負っていたことがあとからわかったそうですが、もしやその借金は金原さんのためにしたものではなかったですか？　妹さんの手術に多額のお金が必要だったという」

　徳永がまた、静かな口調で問い掛ける。仲村は俯いたままだったが、やがて小さく息を吐き出すと、顔を上げ徳永を見やった。

「……木下さんから聞かれたのですか？　圭さんの妹さんのことは」

「はい」

　徳永のかわりに瞬が頷《うなず》く。仲村はそんな瞬を見やったあと、「そうですか」と俯き、ぽつりぽつりと話し始めた。

「……圭さんは本当に気の毒な人でした。妹さんの手術代には何千万というお金が必要なために実入りのいい仕事を求めて工場を辞めたのですが、いつの間にか身を持ち崩し、借金まみれになっていたのです。私がそれを知ったのは彼が工場を辞めた一年後……事件の数日前のことでした」

　そこまで話すと仲村は、再びテーブルの上から写真を取り上げ、じっと見つめた。

「随分《ずいぶん》と様変わりしていました。クスリもやっていたのではないかと思います。窶《やつ》れ果ててしまい、最初、本人とわからなかったくらいです。こっそりと呼び出され、二人で会いました。会いに来た用件を聞いて驚きました。圭さんは私の名前で多額の借金をしたことを詫《わ》びに来たのです」

「勝手に名前を使われたということですか？」

徳永の問いに仲村が頷く。

「私の保険証を使って身元を偽り借りたそうです。保険証は会社を辞めるときに荷物に紛《まぎ》れていたということでしたが、多分、嘘ではなかったと思います。私は当時も今も病気知らずで、保険証がなくなったことに気づいていませんでした。借金は勿論《もちろん》、妹さんの手術のためのものです。本人名義ではもう借金ができなかったからということだったのですが、返済が滞《とどこお》ってしまって、明日にも取り立てが始まる。それを謝りにきたと言われても、正直、どうしたらいいのかわかりませんでした」

話している間、仲村の視線は写真に向いたままだった。口調は穏やかで勝手に借金をされたことに関する怒りなどはまるで伝わってこない。四十年前、圭介から話を聞いたときもそうだったのだろうかと思いながら、瞬は仲村が口を開くのを待っていた。

「身に覚えのない借金ですが、されてしまったものは仕方がありません。返していくしかないと気持ちを固め、それを伝えました。圭さんは泣きながら私に何度も詫びていました。別れしな、妹さんのことを聞いたのですが、数日前に手術を待たずに亡くなったそうです。それを聞いたときに気づくべきだった。圭さんは死ぬつもりで私のもとに来たということに」

「……！」

圭介は自殺だったのか。息を呑んだ瞬を仲村は顔を上げ一瞬見やったが、すぐにまた目を伏せ、話を再開した。

「圭さんと会った次の日の夜、私は社長に相談に行くことにしました。その日は社長以外、皆が外出していて、ちょうどいいと思ったのです。自分でこしらえた借金ではないとはいえ、人に知られたい話ではありませんでしたし、何より圭さんがそんなことをしたと伝えたくはありませんでした。その日は私も社長から小遣いを渡され、映画でも観に行ってくるといいと送り出されていましたが、それにもまた理由があったということがわかりました。私が工場に戻ったとき、社長はまさに工場に火をつけようとしていたのです」

「えっ」

想像もしていなかった話に、瞬は思わず声を上げてしまった。慌てて口を押さえた彼の横から、徳永が淡々と問いかける。

「社長が自分の工場で火事を起こそうとしていたということですか？　どうしてまたそんなことを」

「……実は工場の経営は破綻《はたん》していたそうなんです。社長はワンマンで、経理は奥さんが担当している体《てい》を装《よそお》っていましたが、実質は社長が一人で見ていました。今月末には不渡りを出してしまう、火事になれば火災保険の保険金を受け取ることができる。だから火事を起こさねばならないのだと社長は説明してくれました。相当追い詰められていたようですが、それまで私も、それに工場の皆も、まったく気づいていませんでした。とにかく思い留まってほしいと火を消そうとすると、邪魔をするなと社長は私にナイフを向けてきました。揉《も》み合ううちに私は——社長の腹を刺してしまっていました」

仲村ががっくりと肩を落とす。暫《しばら》くの間、誰も喋《しゃべ》ることはなく、室内は沈黙で満たされていた。

「救命措置《そち》は……？」

やがて徳永が、相変わらず静かな口調で問い掛ける。

「救急車と、それに消防車を呼ぼうとしましたが、社長に泣いて縋《すが》られました。頼むから何も見なかったことにしてほしい。自分で火をつけたことがわかれば保険金は下りない。家族も社員も路頭に迷わせたくないのだ。このまま出ていってほしい。どうせ自分はもう、助からない。少しでも恩義を感じてくれているのなら、どうかこのまま立ち去ってくれ。そして一生このことは誰にも喋らないでほしいと——」

そのときの記憶が蘇《よみがえ》ったのだろう、仲村の声は震えていた。

「……私は結局、言われたとおりに社長を残し、工場を飛び出しました……社長は私を罪に陥《おとしい》れようなどとは考えていなかったと思います。逆に、私に刺されたことを隠してくれようとして、逃げろと言ってくれたのではないかと……指名手配された私はできるだけ東京から離れようと日々移動をし、最後にはここ、沖縄に辿《たど》り着きました。逃げている間、何度か警察に出頭することも考えましたが、そのたびに懇願《こんがん》してきた社長の顔が浮かんできて、思い留まってしまいました」

ここまで話すと仲村は言葉を切り、抑えた溜め息を漏《も》らした。

「保険金は無事下りたのか——知る手立てはありませんでした。圭さんの死を知ったのも、数十年経ってからです。身一つで訪れた沖縄の地で私は本当に親切にしてもらいました。人生をやり直す気持ちで仕事に励《はげ》むうちに、いつの間にか財やら名誉やらが集まり、気づけば『沖縄の聖人』などという名で呼ばれるようになっていました。聖人どころか、私は人殺しです。その罪を贖《あがな》うために、困っている人に手を差し伸べてきただけなのだと、明かせるものなら明かしたい……最初のうちはそう思っていましたが、お金と名誉があればより多くの人を救うことができるとわかってからは、保身を考えるようになりました」

お恥ずかしい話です、と仲村が自嘲《じちょう》めいた笑みを浮かべる。

「そこにつけ込む人間が出てきたときに、きっぱり断るべきだったのです。どうやって調べ上げたのか、彼らは私の過去を知っていました。圭さんの死を教えてくれたのも彼らです。『沖縄の聖人』が犯罪者であったと世に知られれば、多くの人が悲しむ。いつまでも人々の希望であってほしいと言われ、私は彼らの手を取ってしまいました」

「それが園部代議士だったということですね？」

徳永が確認を取ったのに、仲村は躊躇《ちゅうちょ》なく「はい」と頷《うなず》いた。

「些末《さまつ》なことを処理する人間を身近に置くといいと、勝沼を紹介されました。まっとうな男ではないことは目つきでわかりましたが、実は服役していたもと暴力団員であり、更生するために来たと本人からの告白を聞き、彼のためにもなるのなら、と引き受けたのです。しかし、更生どころか現役《げんえき》の暴力団関係者だったとは……」

仲村は溜め息を漏らしたが、すぐ、また首を横に振った。

「気づいて当然だったのに、私は敢《あ》えて目を背けていたのでしょうね」

ぽつりとそう言ったあと、ふと顔を上げ、徳永に問う。

「勝沼は今、どこに？　先程警察が彼を訪ねてきたと聞いたのですが」

「新宿西署の刑事に事情聴取を受けています。暴力団事務所の爆破の日に東京にいたことが証明されたからなのですが、実際彼が行ったのは、ここに拉致《らち》されていた小柳さんの誘拐ではないかと思われます」

「そうですか。私には『先生の知らなくていいことです』と何も教えてはくれませんでした。知ればかかわりができる、何も『知らない』ままでいれば『沖縄の聖人』の名に傷がつくことはないと。ちゃんと確かめるべきでした。彼があの地下室に人を連れてきたことは一度や二度ではありません。そうした人たちはいつの間にかいなくなりましたが、皆安全な場所に逃がしたという勝沼の言葉を信用していました。実際はどうだったのか……私は知らねばなりませんね」

そう言うと仲村は顔を上げ、徳永を真っ直ぐに見据え口を開いた。

「警察に行きます。そこですべてお話しします。付き添ってもらえますか？」

「勿論《もちろん》です」

徳永は即答し、大きく頷いてみせた。

「ありがとうございます」

仲村は安堵《あんど》したように微笑《ほほえ》むと、ほ、と小さく息を吐いた。

「ようやく……本来の自分に戻れます。捨ててしまった本名の『甲斐清司』に……」

仲村の口元には自嘲の笑みがある。四十年前に指名手配されたことが明らかになれば、失望を感じる人間は少なくないだろう。それでも——瞬の胸にはそのとき、自身にもうまく説明できない熱い思いが込み上げていたのだが、それを言葉にしてくれたのが徳永だった。

「沖縄の人々の幸せを願い、でき得るかぎり力を尽くしてきた『仲村聖』も間違いなくあなた本来の姿であったはずです」

口調は淡々としていた。が、口先で言っているのではない、彼の信念がこもっているのが感じられ、瞬の目には熱いものが込み上げてきてしまっていた。

「……ありがとう……ございます……」

仲村の声も震えている。嗚咽《おえつ》を堪え、一礼した仲村が立ち上がる。徳永もまた立ち上がると、

「行きますか」

と仲村に声をかけ、瞬にも頷いてみせたあとにドアへと向かっていったのだった。

# 8

『沖縄の聖人』こと仲村聖が警察に出頭し、本名は『甲斐清司』であることと、四十年前に指名手配されていた事実を伝えると同時に、彼の秘書がその秘密を探ろうとする人間や団体に対して危害を加えていた可能性があるので捜査を依頼したいと申し出たのを受け、沖縄県警は混乱を極めた。

無事に保護された小柳朋子本人の証言から、拉致《らち》誘拐の実行犯として勝沼亮介《りようすけ》こと沼田満彦が逮捕され、新宿西署の刑事により東京に連行された。

朋子は衰弱していたが、怪我《けが》などは負っておらず、入院後間もなく体調は回復した。ホテルの部屋に押し入ってきた勝沼らに拉致された後、意識のないまま沖縄へと連れてこられ、気づいたときには地下室に監禁《かんきん》されており、自分が沖縄にいるということは地下室から出て初めて知ったとのことだった。

勝沼は黙秘を貫いていたが、鹿沼組の事務所爆破の実行犯として黒龍会幹部らが逮捕されると、ようやく黒龍会の指示で仲村聖の過去を探る人間を排斥《はいせき》していたと自供し始めたと、取り調べに当たっている高円寺から情報が提供された。

その日のうちに沖縄から戻ってきた徳永と瞬は、翌日『休暇』を切り上げて出勤し、捜査一課長にすべて報告した。

「勝手なことをして申し訳ありませんでした」

徳永から、処分は覚悟しておくようにと言われていたため、彼と共に課長に謝罪をしながら身構えていた瞬だったが、徳永は始末書、瞬はお咎《とが》めなしということですんで心の底から安堵《あんど》した。

徳永はミトモ経由、藤原や高円寺に、ことのあらましを説明したいと申し入れたとのことで、その日の夜にミトモから集合がかかり、瞬は彼と共に新宿二丁目の『three friends』へと向かった。

「これ、つまらないものですがお土産《みやげ》です」

空港で買ったのを見ていたが、ミトモ宛《あて》だったのか、と瞬は、徳永が彼に、泡盛《あわもり》とちんすこうを渡すのを見て、さすがの気遣いに感心した。

「あら、ありがとう。うふふ、嬉しいわ。そしたら今日はアタシが徳永さんに奢《おご》っちゃう」

浮かれるミトモを前に、徳永が珍しく慌ててみせる。

「いえ、今日の勘定《かんじょう》はお礼の意味をこめて俺が持つつもりでしたし」

「あらいいのよ、気を遣わなくて」

と、そこにカウベルの音を響かせ、高円寺と藤原が入ってきた。

「おう、ミトモ、沖縄土産、買ってきたぜ」

ほら、と高円寺が土産店の袋をミトモに差し出す。

「あら珍しい」

「タローが買ってたんだよ。泡盛とビーフジャーキーだと」

「そのタローちゃんは？」

来ないの？　と問うミトモに高円寺が肩を竦《すく》める。

「パスだと。沖縄往復で疲れたのかも」

「なんだ、てっきりジェラシーかと思ったわ」

「それはねえだろ」

ミトモはどうやら揶揄《やゆ》しているようだが、瞬には意味がよくわからなかった。

「小柳さんは？　まだ沖縄ですか？」

高円寺の背後から現れた藤原が徳永に問いかける。

「ええ。大事をとって数日、入院することになりました。沖縄でのフォローは大原が買って出てくれました」

「にしても、無事に保護できてよかったです」

安堵の息を吐いた藤原の背を、高円寺がどやす。

「りゅーもんもお疲れだったな。金原圭介の死因や妹の生死も確かめたんだろ?」

「はい。金原は自死でした。妹さんが手術を待たずに亡くなったのと、かさんだ借金に耐えかねて……ということだったようです」

やるせなそうな顔で告げた藤原に徳永が「そうですか」とやはりやるせない表情で頷《うなず》く。

「仲村さんの借金は、金原が彼になりすましてこしらえたものでした。金原はそのことを詫《わ》びにきたそうです」

「事件への関与についてはどうでした?」

「おっと、まずは乾杯といこうぜ。話はそれからだ」

高円寺がここで割って入ってきたため、ようやく皆してカウンターに並んで座り、徳永が自分のボトルをと言ったにもかかわらず、ミトモは勝手に高円寺のボトルから皆のグラスに酒を注ぐと、

「それじゃ、かんぱーい」

と誰より陽気な声を上げ、グラスを掲《かか》げてみせた。

「今日は俺が持ちますので」

徳永は高円寺と藤原にも宣言したが、二人は、

「別にいいってことよ」

「俺も特ダネが取れましたから」

と、やはり徳永の申し出を退けた。

「それより話を聞かせてください。あの写真で仲村は観念したんですか？　別人だと充分言い張れたんじゃないかとも思うんですが」

徳永は今回世話になった藤原に対し、朋子が無事に保護されたことや仲村が過去の罪を認めたこと等をメールで知らせてはいた。詳しい話は会ったときに聞かせてくれれば、と、徳永を気遣った返信が来たということだったが、余程知りたくてうずうずしていたようだと、瞬は藤原の珍しい姿に触れ、少し笑ってしまいそうになった。

「仲村は小柳さんが、自分の過去を調べていたことを理由に拉致されたという事実を知らなかったんです。彼女への罪悪感が引き金になった気もしますが、それ以前に、仲村は過去の事件に関してはもう、ばれたらばれたで構わないという気持ちになっていたのかもし

れません」

「時効が成立しているから、ばれたところで逮捕はされないと、そういうことですか？」

藤原の問いに徳永は「……というより」と考えつつ語り出した。

「諦観《ていかん》のようなものを感じたのです。話しているうちに、もしかしたら彼は、過去の罪を隠蔽《いんぺい》し、『聖人』であり続けることに疲れていたのではないかと、そう感じるところがありました」

「殺人を犯した自分が聖人なんて……ってこと？　でも今更よね」

四十年も黙っておいて、とミトモが言うのに徳永は、

「その四十年前の事件も、なんといいますか、彼にとっては気の毒としかいいようのないものだったんです」

と、沖縄で仲村から聞いた、四十年前の事件の詳細を皆に説明したのだった。

「……なんていうか……本当に『聖人』としかいいようのない人なのね……」

徳永が話し終えると、店内は一瞬、しんと静まり返った。やがてミトモがそう告げたのを皮切りに皆、口々に思うことを話し出す。

「勝手に借金されたことも許し、社長に保険金が下りるように罪も被《かぶ》り……刑事として言っちゃならねえとは思うが、無事に時効を迎えられてよかったぜ」

「この話は公表すべきですよ。そうだ、小柳さんに記事を書いてもらって全国紙で発表するのはどうでしょう。仲村さんにとってもいい話だと思うんですよ」

高円寺と藤原、それぞれの言葉に、瞬は大きく頷いたのだが、徳永の反応は違った。

「おそらくですが、仲村さんはそれを望まない気がします」

「え？　ああ、亡くなった社長と先輩のことを暴露したくねえってことか」

「確かに。相手は亡くなっていますが……いや、亡くなっているだけに、かな」

うーん、と高円寺と藤原、二人して唸《うな》る。

「沖縄は大騒ぎかもしれないけど、こっちではさほど話題になってないし、敢《あ》えて公表するまでもないかもしれないわねえ」

ミトモの言葉に徳永が「そうですね」と頷き、話を続ける。

「沖縄県警も、四十年前の事件については特に、記者発表はしなかったそうです。仲村さんは私財をすべて慈善《じぜん》団体に寄附し、完全に引退すると発表したと聞きました」

「沖縄の人の反応はどうなんでしょう。バッシングが起こったりしていないといいんですが……」

何せ『聖人』ですから、と心配そうな顔になる藤原に、徳永が答える。

「大原によると、衝撃は走ったそうなんですが、批難の声はあまり上がってないということでした。今までの仲村さんの働きに恩義を感じている人は大勢いて、彼らにとって、やはり仲村さんが恩人であることに変わりはない。大原が世話になっている竜さんというご老人も、批難どころか、四十年も秘密を抱えていたのはつらかっただろうと同情していたそうですよ」

「それはよかった」

「沖縄の土地柄もあるだろうが、仲村さんの人望なんだろうなあ」

藤原も高円寺も、ほっとした顔になる。

「心配なのは黒龍会のバックにいたと思《おぼ》しき園部代議士の動きですが、そちらはどうですか？」

今度は徳永が黒龍会の捜査をしている高円寺に問いを発する。

「逃げ足は速かったぜ。黒龍会を逮捕できたのも、蜥蜴《とかげ》の尻尾《しっぽ》切《き》りよろしく、園部代議士が奴らを切り捨てたからだしな。『沖縄の聖人』のことも既に切り捨てていて、一切の関与はないというスタンスとなっている。変わり身の早さにはほんと、感心するよ」

忌々《いまいま》しげに口元を歪め、高円寺が報告する。

「今後かかわってこないのであれば、よしとするべきでしょうね」

徳永もまた憮然《ぶぜん》としつつも頷いてみせた。

「ともかく、飲もうぜ。せっかく集まったんだ。ミトモ、俺の土産《みやげ》の泡盛《あわもり》、開けねえか?」

気持ちを切り換え、高円寺が明るくミトモに声をかける。

「アタシへの土産じゃなかったの?」

まあいいけど、とミトモがわざと渋々といった様子で、高円寺に渡された紙袋から泡盛を取り出す。

「俺も買ってきたんです。泡盛を」

「お、飲み比べようぜ。せっかく沖縄に行ったのに、滞在時間は数時間だわ、ビーチは車の中からちらと見ただけだわで、全然沖縄を満喫《まんきつ》できなかったからよ」

せめて泡盛で沖縄気分を、と高円寺が言い、

「仕方ないわねえ」

とミトモがバリバリと包装紙を破り出す。

「りゅーもん、沖縄行ったことあるか?」

「ありますが随分《ずいぶん》前です。ミトモさんは?」

「アタシも随分前よ」

「まさか返還前か?」

「ちょっとー、いくつだと思ってるのよ」

いつものようにわいわいと楽しげに騒ぎ出す彼らの姿に、救われるような気持ちになり、瞬は徳永を見やった。徳永も同じように感じているのか、瞬と目線を合わせ、微笑《ほほえ》んでくる。

やりきれない思いの残った沖縄行きではあった。これで本来の自分に戻れると告げた仲村は今、どうしているだろう。彼のこれからの人生が健《すこ》やかなものであるといい。心からそう願いながら瞬は、

「さあ、飲み比べよ」

とミトモがそれぞれに注いでくれたグラスを手に取り、乾杯、と元気よく唱和したのだった。

沖縄から戻ったあと、徳永もまた見当たり捜査への復帰が決まった。ようやく世間の興味も薄れてきたと判断できたからというのだが、徳永自身、人目にはつかないというスキルを身につけていることもあって、復帰後も特に注目されることもなく、いよいよ日常が

戻ってきたと瞬は心から喜んだのだった。

徳永の復帰から数日が経った頃、警視庁に戻った二人は思わぬ人からの出迎えを受けた。

「……どうも……」

建物前で二人を待っていたのは朋子だった。

「体調はもう、大丈夫ですか？」

少しバツの悪そうな顔をしつつ頭を下げた彼女に、徳永がそう声をかける。

「はい。その節は本当にありがとうございました。一言、お礼を申し上げたくて……」

待ち伏せのようなことをしてしまい、申し訳ありません、と頭を下げた朋子は、かなり長いこと待ってくれていたようだった。

「よろしければ中にどうぞ。コーヒーでも淹《い》れましょう」

気遣う徳永に朋子は、「どうかお構いなく」と告げはしたが、断ることはしなかった。

三人で地下の執務室に向かうと、瞬は自分の椅子《いす》を勧め、徳永に何か言われるより前にバックヤードにコーヒーを淹れにいった。コーヒーメーカーをセットし、三人分のコーヒーができるまでは少し時間がかかったが、盆にカップを三つ載せて戻ってくると、徳永と朋子はぎこちなく時候の挨拶《あいさつ》に毛の生えたような会話をしているところだった。

「どうぞ」

「……ありがとうございます」

コーヒーを前に置いた瞬に朋子は礼を言うと、改めて徳永と瞬に対し頭を下げて寄越した。

「本当にこのたびはありがとうございました。お二人のおかげでこうして無事に生きて戻ることができました」

「本当にご無事でよかったです」

徳永が心底そう思っているのがわかる笑みを浮かべ頷《うなず》いたあとに、彼女に問いかける。

「鹿沼組は潰滅したと聞いていますが、あなたの身の安全は図れていますか？」

「はい。今まで住んでいた部屋は才賀が借りていたものだったので引っ越しましたし、おそらく大丈夫ではないかと思います」

「少しでも危険を感じたら、警察を頼ってください。私たちに連絡をしてくださるのでも勿論《もちろん》かまいません」

徳永の言葉に朋子は「ありがとうございます」と深く頭を下げ、礼を言った。

少しの沈黙が流れ、皆がコーヒーを啜《すす》る音のみが室内に響く。

「その後、仲村さんから連絡がありました」

ぽつ、と朋子が語り始める。

「謝罪ですか？」

徳永が問うと朋子は「はい」と頷き、言葉を続けた。

「謝罪と、ご自身のことを記事にしたいのであれば、自由にしてくれてかまわないと仰《おっしゃ》ってくださいました。四十年前の事件の詳細を語ることはできないが、指名手配された犯人は自分に間違いないと、そうも仰ってました」

「そうですか……」

徳永は頷いたあと、少し考えるように口を閉ざした。朋子が徳永を真っ直ぐに見返してくる。

「書くおつもりですか？」

徳永もまた真っ直ぐに彼女を見据え、問いを発した。

「もう、特ダネではありませんから」

朋子ははっきり『書かない』とは言わなかった。言葉を選ぶようにして彼女が話し始める。

「『指名手配された犯人に間違いない』という言い回しもちょっと気になってしまって……。普通は『自分がやった』と言うんじゃないかと思うんです。事件のことを詳しく語れない理由はそうしたところにあるのかなと、そう考えると安易に記事は書けないと思ったんです。それに」

と朋子が言葉を続ける。それを聞いて瞬は、彼女は書くつもりはないのだなと判断したのだった。

「もう充分、罪は償っていると思いますし」

「仲村さんを利用しようとしていた人間が、彼の過去を隠そうとしていた。あなたを拉致《らち》した勝沼もそうした人間に雇われていたんです」

徳永がそんな彼女に、拉致に仲村は関与していなかったことを改めて説明する。

「ご本人は『沖縄の聖人』ですもんね。調べれば調べるほど、功績の素晴らしさに頭が下がる思いがしました。神様みたいな人だという印象だったのですが、お会いして、より一層、そう思うようになりました」

朋子の言葉に瞬はつい、大きく頷いてしまった。よほど目についたのか、朋子の視線が瞬に移る。

「す、すみません。まったく同意見だったので……」

言い訳をする瞬を見て、朋子が噴き出しそうな顔になる。

「失礼しました」

すんでのところで堪えたらしく、口元を引き締めると朋子は立ち上がり、徳永に向かって改めて頭を下げた。

「本当にありがとうございました。それでは失礼いたします」

「わざわざありがとうございました」

徳永もまた立ち上がり、頭を下げ返す。と、朋子は一瞬何かを言い淀《よど》むような素振りをしたあと、軽く咳払《せきばら》いをし、徳永を見上げ口を開いた。

「あの……毎年、両親の命日に徳永さんはひっそりと墓前に花を供えてくださっていましたが、あれはもう……結構です」

「……っ」

それを聞き、徳永が珍しく絶句する。

「しかも私と鉢合《はちあ》わせにならないようにしていらっしゃいましたよね。今まで気遣ってくださり、ありがとうございました。もう、大丈夫ですので」

朋子は少し早口になっていた。考えてきた言葉を告げようと必死になっているように見える。瞬は彼女と、そしてそんな彼女を前にし、平静さを保っているようにしながらも、ショックを受けているに違いない徳永をかわるがわるに見つめていた。

「それをお伝えしたかったのです。それでは失礼いたします」

更に早口になった朋子はそう言うとまたも頭を下げたが、ドアに向かうのを躊躇《ためら》っているように瞬の目には見えていた。

なぜ、と疑問を覚えると同時に、先程、彼女が仲村について口にした言葉を思い出す。

『「指名手配された犯人に間違いない」という言い回しもちょっと気になってしまって』

言い回し――その単語を思い出したとき、瞬の頭に閃《ひらめ》きが走った。

「あの！」

立ち去りかねている彼女に対し、そうも早口になった理由の確認を取ろうと問い掛ける。

「あの、もしかして今の言葉の意味は、お墓参りは『ひっそり』とはしなくていいということでしょうか？」

瞬の言葉を聞いた瞬間、朋子の顔に一瞬、笑みが浮かんだ。安堵《あんど》からの微笑《ほほえ》みだとわかったときには笑みは消えていたが、余韻《よいん》は彼女の声音《こわね》に残されていた。

「今年はお誘いします。ご都合が悪ければ、決して無理はなさらないでください」

失礼します、と今度は明るく告げると彼女は一礼し、部屋を出ていこうとした。

「ありがとう」

そんな彼女の背に徳永が礼を告げる。

「お礼を言うのは私のほうです」

朋子はドアの前で振り返り、一言そう告げると、そのまま部屋を出ていった。

「送ったほうがいいですよね」

　思わず見送ってしまったが、出口まで送るべきだった、と瞬は慌てて部屋を出、エレベーター前で彼女に追いつくことができたのだった。

「……私の態度、悪かったですよね」

　送ります、と瞬が声をかけると、朋子は礼を言ったあとに一言そう告げ、溜め息を漏《も》らした。

「あんな言い方、するつもりではなかったのに……」

「徳永さんは気にしていないと思います。今、とても喜んでいると思いますよ」

　瞬の言葉に朋子は、

「でも私……」

　とますます俯《うつむ》いてしまった。

「今まで散々、酷《ひど》い態度をとってきたことも謝りたかったのに……」

「それももう、気にしていないと思います」

　慰めているうちにエレベーターが到着したので乗り込み、一階のボタンを押す。

「本当に感謝しかありません。麻生さんにも大変お世話になりました。ありがとうございました」

徳永に対してはどうしても身構えてしまうようだったが、瞬とは普通に話せるらしく、丁寧《ていねい》に頭を下げてくれたあとに、

「それでは」

と辞そうとする。

「あの」

その背に思わず声をかけたのは、もし自分が二人の会話を取り持つ役割を果たすことができるのであれば、と願ったからだった。

「はい？」

振り返った彼女に瞬は、どうか断られませんようにと心の中で念じつつ声をかける。

「僕も同行してもいいでしょうか。お墓参りに……」

「……ありがとうございます。お時間が合えば是非《ぜひ》」

朋子は少し意外そうな顔をしたものの、すぐに微笑み、快諾《かいだく》してくれた。

建物を出ていく彼女を見送ったあと瞬は、弾む気持ちを抱え、徳永のもとに戻った。

「ありがとう」

徳永と目が合った直後、瞬が何を言うより前に徳永は礼を言うと、深く頭を下げてきた。

「何もしていませんよ？　あ、今、彼女を送ったことですか？」

そのくらいしか思いつかないが、と首を傾《かし》げた瞬を前に、徳永が苦笑する。

「お前らしいというか……墓参りの件だよ。俺はてっきり、不快だと言われたのだと思っていた」

まさか、一緒に行こうという誘いだったとは想像もしていなかったと告げる徳永に瞬は、

「どうしてあんな言い方をしてしまうのかと、彼女、落ち込んでいましたよ」

と、少しの誇張もない事実を告げた。

「長年恨んできたんだ。仕方がないさ」

尚も苦笑してみせる徳永は、こと朋子に対しては必要以上にナーバスになる傾向がある気がする、と瞬は尊敬してやまない上司を見やる。

そんな彼のためにはなんでもしたいと思うし、何か役に立ちたいとも思う。信頼の絆《きずな》で結ばれた仲でありたいのだという瞬の強い願いが伝わったのか、徳永は目を細めて微笑むと、わかっているというように頷《うなず》いてくれたのだった。

※この作品はフィクションです。実在の人物・団体・事件などにはいっさい関係ありません。

集英社オレンジ文庫をお買い上げいただき、ありがとうございます。
ご意見・ご感想をお待ちしております。

● あて先
〒101-8050　東京都千代田区一ツ橋2-5-10
集英社オレンジ文庫編集部 気付
愁堂れな先生

# 終わらない男
## ～警視庁特殊能力係～

集英社
オレンジ文庫

2023年1月25日　第1刷発行

著　者　愁堂れな
発行者　今井孝昭
発行所　株式会社集英社
〒101-8050東京都千代田区一ツ橋2-5-10
電話【編集部】03-3230-6352
【読者係】03-3230-6080
【販売部】03-3230-6393（書店専用）
印刷所　凸版印刷株式会社


ISBN 978-4-08-680485-1 C0193

集英社オレンジ文庫

# 愁堂れな
# 警視庁特殊能力係
(シリーズ)

**①忘れない男**
一度見た人間の顔を忘れない新人刑事の麻生。力を見込まれ見当たり捜査専門の特殊能力係に配属される。

**②諦めない男**
刑期を終えて出所した殺人未遂犯に再犯の可能性が浮上。瞬はただ一人の上司である徳永に協力を申し出る。

**③許せない男**
徳永の元相棒が何者かに襲われ、徳永にも爆弾の小包が届けられた。怨恨を疑い、麻生は捜査を開始する。

**④抗えない男**
特能に驚異的な映像記憶力を持つ大原が加入した。だが捜査中に大原が不審な動きを見せたことに気づき…。

**⑤捕まらない男**
見当たり捜査中、詐欺容疑で見覚えのある男が逃走した。結婚詐欺などで有名な男に、殺人容疑がかかる!?

**⑥逃げられない男**
かつての同僚・大原から近況が届いた。充実した様子に安堵していたが数日後、大原が事件の容疑者に…!?

**⑦失わない男**
徳永を訪ねてきた美女の正体が気になる麻生。そんな中、捜査中に指名手配犯の男から声をかけられて…?

**⑧憎まれない男**
特能係がテレビで特集され、見当たり捜査が流行してしまう。さらに徳永の情報が週刊誌に報道されて…!!

好評発売中

【電子書籍版も配信中　詳しくはこちら→http://ebooks.shueisha.co.jp/orange/】

## 愁堂れな

# キャスター探偵

（シリーズ）

## ①金曜23時20分の男

金曜深夜の人気ニュースキャスターながら、
自ら取材に出向き、真実を報道する愛優一郎。
同居人で新人作家の竹之内は彼に振り回されてばかりで…。

## ②キャスター探偵 愛優一郎の友情

ベストセラー女性作家が5年ぶりに新作を発表し、
本人の熱烈なリクエストで愛の番組に出演が決まった。
だが事前に新刊を読んでいた愛は違和感を覚えて!?

## ③キャスター探偵 愛優一郎の宿敵

愛の同居人兼助手の竹之内が何者かに襲撃された。
事件当時の状況から考えると、愛と間違われて襲われた
可能性が浮上する。犯人の正体はいったい…？

## ④キャスター探偵 愛優一郎の冤罪

初の単行本を出版する竹之内と宣伝方針をめぐって
ケンカしてしまい、一人で取材へ向かった愛。
その夜、警察に殺人容疑で身柄を拘束されてしまい!?

好評発売中

【電子書籍版も配信中　詳しくはこちら→http://ebooks.shueisha.co.jp/orange/】

集英社オレンジ文庫

# 松田志乃ぶ

# 仮面後宮

## 女《おんな》東《とう》宮《ぐう》の誕生

疫病の流行で三人の東宮が立て続けに
亡くなった。神託を授かった老巫女が
「東宮に皇女をたてよ」と告げたことで
両親を亡くし宇治で弟妹と貧しく暮らす
火の宮も東宮候補に挙げられて…。